JIRO AKAGAWA
MYSTERY BOX
ミステリーの
小箱

赤川次郎

洪《こう》水《ずい》の前《まえ》

自由の物語

もくじ

愛しい友へ…… 5
終夜運転 73
日の丸あげて 125
洪水《こうずい》の前 205
解説《かいせつ》 社会を見つめなおすミステリー 山前《やままえ》譲《ゆずる》 248

カバー・本文イラスト　456
デザイン　西村弘美

愛しい友へ……

1

始業のベルが鳴ると、折原和子《おりはらかずこ》はハッとして顔を上げた。

授業《じゅぎょう》だわ。――行かなくては。

椅子《いす》をガタつかせて、立ち上ると、折原和子は職員室《しょくいんしつ》の中を見回した。ベルを聞いても、一向に立ち上ろうとしない先生もいる。

あわてて行くこともないさ、と言いたげに、新聞を広げて読んでいる者も。

しかし、和子は、そんな先生たちに、苦情《くじょう》を言う気にはなれなかった。単に同僚《どうりょう》だから、という立場で気をつかっているのではない。自分もまた、こうして立ち上り、教室へと足を運ぶのに、大変な努力が必要だからだ。

和子は出席簿《しゅっせきぼ》をかかえると、職員室《しょくいんしつ》を出た。立てつけが悪くなっていて、戸がうまく開かない。でも、もう誰《だれ》も修理《しゅうり》しようともしないだろう。

廊下《ろうか》を歩いて行くと、古い床板《ゆかいた》があちこちできしんだ。——今どき、どこを捜《さが》したって見当らないような木造校舎《もくぞうこうしゃ》である。

折原和子は二十八歳《さい》。大学を出て、すぐにこの学校へ、英語の教師《きょうし》としてやって来た。だから、和子が来た時から、もうこの校舎《こうしゃ》は「時代もの」だったわけで、モダンな造《つく》りのキャンパスで学んでいた和子は面食らったものだが、しかし、和子はこの木造《もくぞう》校舎《こうしゃ》が気に入っていた。コンクリートの、固い壁《かべ》の中とは違《ちが》ったぬくもりが、この板で包まれた空間には、あったのである。

各教室から洩《も》れて来る、元気のいい生徒たちのおしゃべりやら追いかけっこのドタバタという足音に混って、この床板《ゆかいた》のきしむ音も、何とも調子外れな伴奏《ばんそう》のように耳に響《ひび》いたものだ。時には、生徒が飛びはねた拍子《ひょうし》に、床板《ゆかいた》が抜《ぬ》けてしまうことさえあった……。

でも——今は——。

何て、静かなこと……。廊下《ろうか》には、和子自身の足音だけが、いやに大きく響《ひび》いている。

各教室からは、かすかに話し声も聞こえては来るが、誰《だれ》しもが押《おさ》えた声で、重苦しいため息ばかりをついているかのようだった。

重苦しいことは、和子の足取りも同じだ。教室へ入って行くのが、怖《こわ》いようだった。

でも――やめるわけにはいかないのだ。生徒が一人でもいる限《かぎ》り、私《わたし》はここの教師《きょうし》なのだから。

和子は、自分が教えるクラスの扉《とびら》の前に来て足を止めると、大きく一つ深呼吸《しんこきゅう》をして、精一杯《せいいっぱい》笑顔《えがお》を作り、扉《とびら》をガラッと開けた。

「――おはよう!」

と、明るい声で言って、「どう? みんな元気?」

教壇《きょうだん》に上って、教室の中を見渡《みわた》す。

「はい、ちゃんとけじめをつけましょうね」

ガタガタと椅子《いす》が鳴って、みんなが立ち上る。

「おはようございます」

みんな、精一杯《せいいっぱい》、元気な声を出しているのだ。でも――たった十一人しかいないのでは、限度《げんど》がある。

「はい、座《すわ》って。――この前はチャプター8の真中で終ったのね」

和子は、教科書を開いてから、「そうだわ、誰《だれ》か欠席はいる？」

「いません」

と、一人が答えた。

そう。――訊《き》くまでもない。一人でも欠けていれば、すぐに分るのだから。

「じゃ……野口《のぐち》さん、この前の続きを読んで」

と、和子は言った……。

たった半年。――半年の間に、三十六人いたクラスの、三分の二がいなくなってしまったのだ。まるで、今でも悪い夢《ゆめ》を見ているようだった。

しかし、夢《ゆめ》でも何でもない。この町を襲《おそ》った、突然《とつぜん》の「災難《さいなん》」は。

この小さな田舎町《いなかまち》は、三十年来、ある大企業《だいきぎょう》の工場で成り立っていた。町の住人の内、半分以上が、その工場か、その下請《したう》けの企業《きぎょう》で働き、残りの町民もまた、その労働者のためのサービス業や、商店で生活していた。

いわゆる「企業城下町《きぎょうじょうかまち》」というわけである。

六年前、和子がこの高校へやって来た時には、まだ町は充分《じゅうぶん》に活気があり、この高校の卒業生も、大部分がこの町の工場に就職《しゅうしょく》するのが通例であった。父と息子《むすこ》、二代にわたって、工場で働く者も少なくなかったし、女子も、工員としてかなりの数が働いていた。

町を出る者は少なく、この高校で、仲の良かった男の子と女の子が、工場で何年か共働きした後、結婚《けっこん》するというケースがいくつもあって、生徒たちはそれを、「定期バス」と呼《よ》んでいた。

「あの二人、〈定期バス〉ね」

という具合に。

町の暮《くら》しは、東京《とうきょう》から来た和子などから見れば、変化や刺激《しげき》に乏《とぼ》しくて、退屈《たいくつ》だったが、それも慣《な》れれば、ある穏《おだ》やかな満足感につながっている。人々は「若《わか》い先生」に親切で、一度風邪《かぜ》で寝込《ねこ》んだ時など、生徒の母親たちが交替《こうたい》で食事を作りに来てくれたものだ。

和子はこの町が好きだった。いつまでも、都会の毒に染らないでいてほしい、と願っていた。

それが――突然《とつぜん》の「工場閉鎖《へいさ》」。

大企業《だいきぎょう》にとっては、人件費《じんけんひ》を削《けず》ることが何よりの節約なのだ。東南アジアに、安い労働力による工場を作って、この町の工場を閉鎖《へいさ》する。

その計画は、町の誰《だれ》にも知らされていなかった。――突然《とつぜん》の通告。三段階《だんかい》での解雇《かいこ》。

そして、再就職《さいしゅうしょく》の口は少なかった。もちろん、この町には、働き口など見付けられない。

町は揺《ゆ》れた。――組合の代表は東京の本社へ抗議《こうぎ》に行ったが、部長にも会わせてもらえずに帰って来た……。

工場の完全閉鎖《へいさ》まで、あと二か月。二か月ほど前から、町の人々は、東京や他の都会へ仕事の口を求めて、あるいは遠い親類や知人を頼《たよ》りに、町を出て行き始めた。一人が出て行くと、後は雪崩《なだれ》を打つように次々と続いて行く。——当然のことながら、この学校の生徒たちも、親と共に、この町を出て行かなくてはならなかった。

毎日のように送別会が開かれ、その度《たび》に生徒たちは泣いた。そして今……もう十一人しか、この教室には残っていない。

出られる人たちはほとんど出てしまって、今は、町の人たちの「流出」も一段落《だんらく》していたが、それは落ちついていることを意味しはしない。むしろ、今残っているのは、どこにも行き場のない人たちであり、二か月の後には、職《しょく》を失う人たちと、その家族である。

高校生ともなれば、親の置かれた立場も当然分っている。学校全体が、どこか重苦しい空気に包まれているのも、当然のことだったろう。

「——はい、そこまで」

と、折原和子は言った。「誰《だれ》に訳《やく》してもらおうかな。――三屋《みつや》さん。典子《のりこ》さん、訳《やく》せる？」

三屋典子は、教科書を開いてはいたものの、和子の声が全く耳に入らない様子だった。

「典子さん、どうしたの？」

和子が重ねて訊《き》くと、三屋典子はハッと目が覚めたように、

「すみません」

と、頰《ほお》を染《そ》めた。「どこですか、先生？」

和子は別に怒《おこ》りもしなかった。三屋典子は、至《いた》って真面目な生徒である。こんな時に、あれこれ考《かんが》え込《こ》んでしまっていても、むしろ当然というものだろう。

典子は、立ち上って、言われた箇所《かしょ》を訳《やく》し始めた。――口調もしっかりしている。あの古くさい丸ぶちのメガネを、もっと可愛《かわい》いのにかえたら、もう少し垢抜《あかぬ》けて見えるわね、きっと、と和子は思った。

三屋典子は、丸顔で、体つきも全体にふっくらとした、いかにも丈夫《じょうぶ》そうな女の子

である。内気で、クラスの男の子から、よくからかいの的にされるが、何を言われても、おっとりと笑っていて、怒《おこ》らない。

母親が長く病気で寝込《ねこ》んでいるので、弟と妹をかかえて、家事をしなくてはならない立場だったが、少しもそんな苦労のかげを感じさせなかった。

しかし、今、三屋典子の家は、よそにも増《ま》して大変なはずだ。――典子の父親は、閉鎖《へいさ》される工場の組合委員長で、会社との交渉《こうしょう》の先頭に立つ身である。

勝目のない闘《たたか》いの指揮者《しきしゃ》ほど、辛《つら》いものはないだろう。しかも、自分の身のふり方は、他の全員が決ってからでなければ、考えられない。――生活そのものも楽ではあるまいが、おそらく、先行きの不安も小さくはないはずだった……。

「公園には、沢山《たくさん》の――大勢《おおぜい》の人が集まって――」

と訳《やく》していた三屋典子の言葉が途《と》切《ぎ》れた。

和子は、ゆっくりと机《つくえ》の間を歩きながら、

「――集まって……。何をしてたのかな?」

和子は、三屋典子の方を見た。「典子さん?」

突然《とつぜん》、三屋典子がその場に崩《くず》れるように倒《たお》れた。椅子《いす》が引っくり返り、メガネが飛ぶほどの勢《いきお》いだった。

「典子さん!」

教科書を投げ出して、和子は典子の方へと駆《か》け寄《よ》った。


「神田《かんだ》さん、この本、捜《さが》して来てくれる?」

クラスで、一緒《いっしょ》に図書委員をやっている子に言われて、神田あゆみは、

「はい」

と、すぐにカードを受け取っていた。

「急いでね」

「はい」

神田あゆみは、図書係の席から出て、図書館の奥《おく》の書庫へと入って行った。どこと

なく埃《ほこり》っぽい匂《にお》い。本が壁《かべ》そのもののように立ちはだかっている。

あゆみにはよく分っていた。自分の方へ回されて来るのは、めったに書架《しょか》から取り出されることのない本ばかりなのだ。

つまり、そういう本を捜《さが》し出《だ》して、取って来ると、「手が汚《よご》れる」ので、みんないやがるのである。だから、

「あの転校生へ回しちゃおうよ」

ということになる。

でも、あゆみは、いやがらずに引き受けていた。転校して来て早々に、図書委員という仕事をやらされて、疲《つか》れもしたけれど、それで早くクラスの中に溶《と》け込《こ》めるかもしれない、と思ったのだ。

何といっても、あゆみはあの田舎町《いなかまち》から、一歩も出たことがなかったのだ。それが突然《とつぜん》東京の私立《しりつ》学校へやって来た。つい、過敏《かびん》なほどに気をつかっても、仕方ない。

「ええと……」

古いカードは、整理法が違《ちが》っているので、見付けるのに手間どった。「上の棚《たな》かしら……」

この私立《しりつ》の女子校は、小学校から大学まであって、図書館も立派《りっぱ》である。――前の町で通っていた高校の、教室一つ分もないくらいの図書室しか知らなかったあゆみは、迷子《まいご》になりそうなほど広いこの図書館に初めて入った時、呆然《ぼうぜん》としてしまったものだ。

あゆみは、スチールの階段《かいだん》を上って行った。――書庫が二階建になっているのだ。

初めの内は、カードを渡《わた》されても、どの辺を捜《さが》せばいいものやら見当もつかなかった。しかし、一か月たって、週に三回、当番で本の出し入れをしている内に、およその配置や並《なら》べ方《かた》が頭に入って来ていた。

「ここだ」

あゆみは、天井《てんじょう》近くの高い棚《たな》に、捜《さが》していた本を見付けて、棚《たな》に取り付けてあるはしごを引張《ひっぱ》って来た。

本を取り出し、カードと照し合せる。――間違《まちが》いない。大丈夫《だいじょうぶ》だわ。

はしごを下りて……。あゆみは、棚《たな》の間の狭《せま》い通路の奥《おく》の方に、誰《だれ》かが立っているのに気付いて、ドキッとした。こんな所に、人がいることなんて、めったにない。

そこは、上の電球が一つ切れてしまって、薄暗《うすぐら》くなっていたのだが、立っているのが、やや重たそうなセーラー服の女の子だということが分った。

奇妙《きみょう》だった。この女子校の制服《せいふく》は、可愛《かわい》いモスグリーンのブレザーとネクタイである。あんな野暮《やぼ》ったい感じのセーラー服を着てる子なんていないのに……。

しかし、もっと驚《おどろ》いたことがある。そのセーラー服に、あゆみは見覚えがあった。似《に》ている。あの町で、あゆみが通っていた高校の制服《せいふく》と、そっくりだ……。

「誰《だれ》？」

と、あゆみは声をかけていた。

すると——その女の子が静かに明るい方へ進み出て来たのだ。まだあゆみとは大分離《はな》れていたが、丸ぶちのメガネをかけた、ふっくらした丸顔、そしてあゆみを見つめている、どこか切なげな眼差《まなざ》し。

「――典子！」

あゆみは、目を疑《うたが》った。「典子じゃないの！」

三屋典子だ。あの高校で一番あゆみと仲良くしていた子である。

「驚《おどろ》いた！　どうしてこんな所に？」

あゆみの問いに、典子は答えず、ちょっと不思議な笑《え》みを浮《う》かべただけだった。

あゆみが近寄《ちかよ》ろうとすると、下から、

「神田さん！　急いでね」

と、呼《よ》ぶ声がした。

「はい！　今、行きます」

あゆみはそう答えて、「典子、ちょっと待っててね。これ、置いて来るから。ね？」

と、急いで階段《かいだん》を下りる。

本をカウンターへ出し、

「手を洗《あら》って来ます」

と、言っておいて、あゆみは、書庫へと駆《か》け戻《もど》った。

二階へ上り、

「典子。——典子。どこ？」

息を弾《はず》ませて、元の場所へやって来たが、三屋典子の姿《すがた》は見えなかった。

「典子。——どこにいるの？」

あゆみは、書架《しょか》の間を覗《のぞ》いて行った。いくら広いといっても、限度《げんど》があるし、それに、書庫の出入口は一つだけだ。典子がここから出ていないことは確《たし》かだった。

しかし——結局、典子の姿《すがた》はどこにも見当らなかったのである。

2

「わざわざ、ありがとうございました」

三屋典子の母親は、何度も和子に頭を下げた。和子の方が恐縮《きょうしゅく》して、

「どうぞ、起きてらっしゃらないで下さい。どうってことじゃないんですから」

と、押《お》し止《とど》めなければ、表まで送りに出て来ただろう。

和子は、典子に、

「じゃ、寝不足《ねぶそく》にならないように、気を付けてね」

と、声をかけて、典子の家を出た。

典子は、意識《いしき》を失って、じきに目を覚ましたので、しばらく保健室《ほけんしつ》で横にさせておいたのだが、心配で帰りには和子がついて、送って来たのである。

典子自身は、もうすっかり元気そうだったが……。ただ、いつもの典子と、どこか違《ちが》っている風で、和子には何となく気にかかった。どこが、どう違《ちが》うのか、和子にもはっきりは分っていなかったのだが。

――典子の住む社宅《しゃたく》を出ると、和子は町の目抜《めぬ》き通りを抜《ぬ》けて、自分のアパートへと歩いて行った。

黄昏時《たそがれどき》の、かげの中に浸《ひた》った道を歩いて行くと、町の灯《ひ》が一つ一つ消えて行く侘《わび》しさが、一段《いちだん》と身にしみた。雨戸を閉《し》め、住む人を失った家の何と多いことだろう。そして、人がいなくなった家の、何と荒《あ》れ果《は》てるのが早いことか……。

つい、二週間ほど前に町を出て行った一家――和子の教え子の一人だったが――の家は、花が好きで、ベランダや軒先《のきさき》、窓辺《まどべ》に、いつも四季それぞれの鉢植《はちう》えの花が、色彩豊《しきさいゆた》かに咲《さ》いていたものだ。

和子はいつも、その家の前を通るのが楽しみだった。一つ一つの花の開き具合を、町の人たちはみんな毎日確《たし》かめていた。

しかし――突然《とつぜん》の東京行きに、何十という鉢《はち》を持ってはいけない。近所の人たちに配ったりもしたが、もらう方でも、いつまで咲《さ》かせておけるか分らないのだ。

結局、半分以上の鉢《はち》はそのまま、放置されて、アッという間に枯《か》れてしまった。今、その軒先《のきさき》や窓辺《まどべ》には、茶色くしなびた死んだ花たちの鉢《はち》が並《なら》んで、あたかもこの町を象徴《しょうちょう》しているかのように、和子には見えたのだった。

越《こ》して行った東京から、その娘《むすめ》が手紙を寄《よ》こしたが、家族五人、狭《せま》いアパート住いで、植木鉢《うえきばち》一つ、置く場所もありません、と寂《さび》しげに書いていた……。

和子は、時折すれ違《ちが》う人と、無言で会釈《えしゃく》を交《か》わしながら、一体、企業《きぎょう》というのは何なのだろう、と考えていた。人が企業《きぎょう》を作り、動かし、成長させて来たはずなのに、「人」のために、企業《きぎょう》は何をしただろう？

親友たちを引《ひ》き裂《さ》き、幼《おさ》なじみを北へ南へ追いやって、何の痛《いた》みも感じないのが、企業《きぎょう》というものなのか……。

重苦しい気分で、和子は自分一人分の夕食のおかずを買い、アパートへと帰った。


アパートへ入って、明りをつけると、電話が鳴り出した。急いで出てみると、

「あ、折原先生？」

と、女の子の声が飛び出して来た。

「ええ。——あ、ちょっと待ってよ」

と、和子は、わざと考《かんが》え込《こ》むふりをして、「ええと……誰《だれ》かな？」

「どうせ、忘《わす》れちゃったんでしょ」

和子は、フフ、と笑って、

「そうね。神田あゆみなんて子がいたような気もするけど」

と、言った。

「あ、憶《おぼ》えててくれた」

「当り前でしょ。どう？　元気でやってるの？」

「はい、やっと学校も慣《な》れて来て」

あゆみは、もともとしっかりした娘《むすめ》だった。

「女子校だったわね、あなたは」

「そうです。あの——先生、ちょっとお話が……」

「なあに？　こっちからかけ直そうか」

「いえ、大丈夫《だいじょうぶ》です」

と、あゆみは言った。「あの——典子のことなんですけど」

「三屋さん？」

「ええ。典子の家、町を出たんですか」

和子は、ちょっと戸惑《とまど》った。

「いいえ。ちゃんとみんなまだいるわよ。どうして？」

「今日、典子、学校を休んでませんでしたか？」

「休んではいないわ。ただ――ちょっと授業中《じゅぎょう》に、失神してね」

「え？」

「別に大したことなかったの。今、一応《いちおう》のために、家まで送って来たのよ。でも、どうして？」

――あゆみはしばらく何も言わなかったが、

「先生……。これ、冗談《じょうだん》でも何でもないんです。聞いて」

と、少し重苦しい声で言った。「今日、典子を見たんです」

和子は、座《すわ》り直した。あゆみは妙《みょう》な作り話をする子ではない。

しかし、あゆみの話を聞いても、和子は混乱《こんらん》するばかりだった。

「じゃ、確《たし》かに、三屋さんだったのね？」

「間違《まちが》いありません。だって、万一、よく似《に》た子がいたとしても、そっちの制服《せいふく》を着てるはずがないでしょ？」

あゆみの言うことも、もっともだった。しかし——そんなことがあり得るのだろうか。

「私《わたし》が幻《まぼろし》を見たのかもしれませんけど、でも何だか心配なんです。典子の身に何かあったら、と思って」

あゆみと典子は、たぶんあの学校の中でも、姉妹のように仲良くしていたという点で、一番だった。和子は、あゆみが転校して行ってしまうと決った日、典子の目の下に濃《こ》いくまができて、おそらく、一睡《いっすい》もしていなかったのだろう、と痛々《いたいた》しい思いで見ていたものだった。

「別にその——典子さんらしい子と、話はしなかったのね」

「ええ、そのひまがなくて」

と、あゆみは言った。「私《わたし》、こっちへきてから、まだ典子に一回しか手紙も出してないんです。新しい学校で、色々忙《いそが》しくて――」

「分るわ。でも、典子さん、しっかりやってるから、大丈夫《だいじょうぶ》よ」

「今度、手紙出します」

「そうね。そうしてあげて」

「すみません、変な話で」

「いいえ、嬉《うれ》しかったわ、声が聞けて」

少し間があって、あゆみが言った。

「学校――ずいぶん減《へ》ったんですか」

「そうね。あなたのいたクラスは十一人になったわ」

「今いるのが十一人?」

「そう。――来週、島田《しまだ》さんが転校して行くから、十人ね」

「寂《さび》しいですね」

「でも、どうにもならないことだし。――あなたたちは、新しい場所で、精一杯《せいいっぱい》やってくれればいいのよ」

「はい」

あゆみは、しっかりした声で答えると、「じゃ、先生……」

切りたくないようでもあったが、長電話をしたら、料金もかさむ。和子は、自分の方から電話を切った。

あゆみの前に現《あら》われた、典子とそっくりの女の子。――そんなことが、現実《げんじつ》に起るだろうか？

いや、きっと――あゆみも、典子のことを気にしていて、そのせいで、少し似《に》たところのある子を、典子と思ったのだろう。それがたぶん、一番可能性《かのうせい》のある説明だ。

「――さて、夕ご飯にしましょ」

和子は自分へ言い聞かせるように、口に出して言うと、まずカーテンを閉《し》め、着替《きが》えることにした。

あゆみは、電話を切って、しばらくは受話器に手をのせたままにしていた。まるで、電話線を伝って、あの町の空気が、風景や物音が、届《とど》いて来る、とでもいうように。

先生……。折原和子の声を聞いた時、あゆみは、キュッと胸《むね》をしめつけられるような気がした。懐《なつか》しい。――あの暖《あたた》かさは、今の「名門校」のどこを捜《さが》しても、見当らないものだった……。

居間《いま》へ入って、あゆみは驚《おどろ》いた。

「お父さん！　帰ってたの？」

神田吉造《よしぞう》は、ソファに背広姿《せびろすがた》のままで、座《すわ》り込《こ》んでいた。あゆみが入って来たのにも気付かない様子で、ぼんやりと宙《ちゅう》を眺《なが》めていたが……。

「――誰《だれ》に電話してたんだ？」

と、ゆっくりあゆみの方へ顔を向けた。

「うん。——折原先生。ほら、あの高校の」

「若《わか》い女の先生か」

神田吉造は、無表情《むひょうじょう》な声で、「何の用だ?」

「別に……。ちょっと声が聞きたくなったの」

あゆみは、そう言っておいた。「お母さん、手伝って来る」

台所の方へ行こうとすると、

「あゆみ」

と、神田吉造が言った。「あの町の人に、あんまり連絡《れんらく》するんじゃない」

あゆみは、戸惑《とまど》った。前にもそう言われたことがある。

「どうして?　友だちだって、まだいるんだし、構《かま》わないじゃない」

素直《すなお》に「はい」と言わないのは、いつものことだ。それに、父がなぜそんなことを言うのか、あゆみには分らなかった。

「いかんと言ってるんだ!」

突然《とつぜん》、神田は大声を出した。あゆみは青ざめて、立ちつくしている。

「何なの、大声出して」

と、母の百合子《ゆりこ》が、台所から飛んで来た。「――あゆみ、何かしたの？」

「どうして私《わたし》に訊《き》くの？」

あゆみは言い返した。「怒《ど》鳴《な》ったのはお父さんよ。お父さんに訊《き》けば？」

あゆみは、居間《いま》を飛び出すと、階段《かいだん》を駆《か》け上《のぼ》って行った。

百合子は、少し心配そうに、娘《むすめ》の部屋のある二階の方をうかがって、

「あなた、どうしたの？」

と、訊《き》いた。

「何でもない」

神田は、怒《ど》鳴《な》ったことを悔《く》や《や》んで、自分に腹《はら》を立てているといった様子だ。

「苛々《いらいら》してるのね。――少しお休みでも取ったら？」

神田は黙《だま》って首を振《ふ》った。その額《ひたい》には、かつて百合子が見たことのない、深い、暗

い悩《なや》みが刻《きざ》み込《こ》まれているようだった。

「あなた――」

「忙《いそが》しいんだ。少し疲《つか》れてるだけさ」

神田は、とても本音とは聞こえない言い方で、「だから早く帰って来ただろう?」

「ええ。ご飯にしますから、すぐ。早くお風呂《ふろ》へ入って寝《ね》るといいわ」

「ああ。そうしよう」

神田はソファから立ち上ると、一瞬《いっしゅん》、ふらっとよろけた。百合子がびっくりして、

「あなた!」

「いや――何でもない」

神田は、頭を振《ふ》って、「もう若《わか》くないんだ。それだけさ」

と、笑って見せ、居間《いま》を出た。

二階へ上ると、寝室《しんしつ》の方へ行きかけて、足を止め、あゆみの部屋のドアを開けようとして、ためらった。

「あゆみ……」

と、ドア越《ご》しに、声をかける。「怒鳴《どな》って悪かったな。――疲《つか》れてたんだ。それにな、お前も、新しい学校や友だちに早く慣《な》れた方がいいと思ったし……。そのためには、あの町のことは忘《わす》れた方がいい。そう思ったんだよ……」

返事はなかった。神田は、少しドアの前で立っていたが、

「――別にお前のすることに文句《もんく》を言ってるわけじゃないんだ。分ってくれ」

と、言った。

すると、

「何しゃべってんの、一人で?」

振《ふ》り向《む》くと、あゆみがキョトンとして立っている。

「あゆみ、お前……。中にいたんじゃないのか」

「トイレに行ってたのよ」

「そうか。俺《おれ》は……。いや、何でもないんだ!」

神田は真赤《まっか》になった。それを見て、あゆみはふき出してしまった。

「笑うな。人が真面目に話してたのに……」

「分ってるわ。お父さん、少し髪《かみ》が白くなったよ」

そう言うと、あゆみは、「お母さん、手伝って来る」

と、階段《かいだん》を下りて行った。

神田は少しホッとした気分で、下の方から、

「お母さん、何か手伝うよ」

と聞こえて来るあゆみの声に耳を傾《かたむ》け、それから寝室《しんしつ》へと入って行った。

3

「三屋さん。——三屋さん」

和子は、少し不安な気持で、くり返して呼《よ》んだ。

典子は、この間倒《たお》れた時のように、少しぼんやりとして、校庭を眺《なが》めていたからである。

しかし、今は授業中《じゅぎょう》ではなく、昼休みだった。典子は、お弁当《べんとう》を食べる様子もなく、黙《だま》って窓《まど》から表を見ていたのだ。外は、冷たい雨だった。

「あ、先生。すみません」

と、典子は振《ふ》り向《む》いた。「何か……」

「そうじゃないの。ただ──お昼、食べてないみたいだから」

「あ。ええ。いいんです。今朝、ちょっと忙《いそが》しくて、作る暇《ひま》がなくて」

「体に悪いわよ」

と、和子は言った。「おそばを取ってあるの。一緒《いっしょ》に食べましょ」

「でも……先生のじゃないんですか」

「私《わたし》、一つで充分《じゅうぶん》。二つ取ったのよ。さ、来て」

典子も、それ以上は断《ことわ》らなかった。

和子と典子は、職員室《しょくいんしつ》で、隣同士《となりどうし》、向い合って、あたたかいおそばを食べることになった。

「職員室《しょくいんしつ》も、寂《さび》しくなったんですね」

と、典子が言った。

「そうね、先生方も、家族があるわけだし」

と、和子は肯《うなず》いた。「でも、私《わたし》はしつこく居座《いすわ》るわ。独《ひと》りだし、気楽だもん」

典子はちょっと笑った。――そして、

「また、誰《だれ》かやめるんですか」

と言った。

和子は少しためらったが、

「ええ。安藤《あんどう》君がね。来週一杯《いっぱい》ですって」

「じゃあ、クラス、九人になっちゃうのか」

典子は、息をついて、「この町も、なくなっちゃうのかなあ」

「そうね。——無責任《むせきにん》なことは言えないけど、そんなことにしたくない、とは思ってるわ、私《わたし》」

「私《わたし》もです。誰《だれ》だって、自分の生れて育った町が、消えてなくなるのなんて、いやですよね」

典子は、おそばをきれいに食べ終ると、「先生、このお代——」

「何言ってんの。先生に恥《はじ》をかかせないでよ」

「すみません。じゃ……」

ペコンと、典子は頭を下げて、「——ゆうべ、父が帰らなくって」

「まあ」

「今朝になって、やっと帰って来たんです。母も、ゆうべまんじりともしなかったみたいで……。それで、お弁当《べんとう》どころじゃなかったんです。弟と妹、学校へ出すのがやっとで」

「あなたは？　寝《ね》たの？」

「少し。――うたた寝《ね》してました」

「体に悪いわ」

と、和子は首を振《ふ》って、「きつかったら、早退《そうたい》してもいいわよ」

「いえ、大丈夫《だいじょうぶ》です」

と、典子は少しはにかむような笑《え》みを浮《う》かべて言った。「帰ったら、却《かえ》って父が起きちゃいます。狭《せま》い家だから」

典子の、父親への気のつかい方に、和子は胸《むね》の痛《いた》むのを覚えた。

「お父さん、大変ね。まだ組合のお仕事が？」

「ええ。就職口《しゅうしょくぐち》を見付けてくれ、と毎日、会社の上の人にかけ合ってるみたいですけど。――ゆうべは、役員の話し合いが、もめたみたいで」

「そう」

「みんな、自分のことが不安でしょ。家族もいるし、当然ですよね。だから、組合のことばかりやってて、自分が働き口を見付けられなくなる、って……。でも、父は、あくまで再就職《さいしゅうしょく》の口は、会社が捜《さが》して来るべきだ、と言って、自分じゃ捜《さが》していないんです」

確《たし》かに、委員長としては、そうせざるを得ないだろう。いや、典子の父は、そういう「筋《すじ》を通す」ことにこだわるタイプなのだ。

「もっと利口な人なら、さっさと辞《や》めて、次の仕事、見付けてるんでしょうけど」

と典子は言った。「結局、組合の他の人たちと口喧嘩《くちげんか》になって、明け方近くまでやり合ってたらしいです」

やり合って、こうすればいい、という結論《けつろん》が出るのならともかく、結局は虚《むな》しい討《とう》論《ろん》の空回りに終ってしまうのだ。神経《しんけい》のすり減《へ》る仕事である。

「お父さんをいたわってあげるのね」

と、和子は言った。

「あ、昨日、あゆみから手紙、来ました」

と、典子が思い出したように言った。「先生、私《わたし》がこの間倒《たお》れたことを――」

「ああ、ちょうどあの日にね、あゆみさんから電話がかかったの。それで、つい……」

「心配させちゃったみたい。今日返事書こうと思ってます」

「そうしてあげて。――みんなばらばらになっても、せめて、連絡《れんらく》ぐらいは取れるようにしておきたいものね」

「そうですね……」

と、典子は、何となくもの思いに沈《しず》むように言った……。

「そうだわ。あゆみさんの手紙に、書いてあった？　あなたとよく似《に》た女の子のこと」

「え？」

「じゃ、書かなかったのね。あなたが倒《たお》れた日にね、あゆみさん、学校であなたとそっくりの女の子を見たんですって。それでびっくりして」

典子の頰《ほお》がサッと紅潮《こうちょう》した。

「それ――本当ですか？」

と、身をのり出す。

「ええ。着てる制服《せいふく》も、ここのとそっくりだった、って。あゆみさんも、あなたのことが忘《わす》れられないでいるのよ」

しかし、典子は、和子の言葉が耳に入らない様子で、ひどくそわそわしながら、

「あの——どうもごちそうさま」

と、立ち上ると、一礼して、職員室《しょくいんしつ》から出て行ってしまった。

和子は、ちょっと面食らったが、まあ大分典子も元気になったようだ、と肯《うなず》いて、ホッとした。——また倒《たお》れるようなことにはなってほしくなかった。

机《つくえ》の電話が鳴る。和子は、お茶を一口飲んでから、受話器を取り上げた。

「——はい、折原です。——あ、どうも。——え？」

和子の表情《ひょうじょう》が凍《こお》りついた。

「あゆみじゃない」

と、声がした。

文庫本から目を上げて見ると、髪《かみ》を赤く染《そ》めた少女が、テーブルのわきに立っている。

「——分んないの？」

と、その少女はクックックッと笑った。

「茂子《しげこ》？」

「そうよ。——どう、この頭？」

あゆみは、すっかり呆気《あっけ》にとられていた。あの町で、同窓《どうそう》だった子である。増田《ますだ》茂子。

しかし、今、目の前に立っているのは、全くの別人だった。

「一人なの？」

と、増田茂子は訊《き》いた。

「友だちと待ち合せてるの」

と、あゆみは言った。「でも、早く着いちゃったから……。座《すわ》らない？」

「じゃ、ちょっと」

ブレザーの制服《せいふく》らしいものは着ているが、スカートはほとんど足首まで届《とど》くほど長い。首には幾重《いくえ》にも安物のネックレスが下っている。

「茂子――お父さん、大阪《おおさか》に行くって、言ってなかった？」

「行ったわよ。でも、使いもんになんなくてさ。うちの親父《おやじ》、ずっと同じ仕事ばっかりだったじゃない。つぶしがきかないんだね」

茂子はタバコを出して、マッチで火をつけると、「――あんたも一本やる？」

「結構《けっこう》よ」

と、あゆみは首を振《ふ》った。「じゃ、今は東京に？」

「うん。その日暮《ひぐら》しよ。仕事のある日は出てって、ない日はゴロゴロしてる。私《わたし》も、学校なんて馬鹿《ばか》らしくってさ。新宿《しんじゅく》歩いてる時、面白《おもしろ》い連中に誘《さそ》われたんだ」

「茂子……」

「あゆみは、ずいぶんいい格好《かっこう》してるね。お宅《たく》、真先に次の仕事が決った口だもんな。やっぱり、インテリだからね、あんたのお父さん」

「そんなことないわ。ただ――運が良かっただけ」

と、あゆみは低い声で言った。

「そうね。運のいい奴《やつ》、悪い奴《やつ》、色々だよね」

と、茂子はタバコをふかして、「首を吊《つ》っちゃう奴《やつ》もいるし」

あゆみは、当惑《とうわく》して、

「何の話？」

と、訊《き》いた。「あの町のこと？」

「知らないの？　首を吊《つ》って死んだのよ。新聞にも出たわ」

「首を……。誰《だれ》が？」

「三屋さんって、ほら、あんた仲良かったじゃない。あの子の親父《おやじ》さんよ」

あゆみは、言葉もなかった。

「――組合の委員長だったから、苦しい立場だったんじゃない？」

と、茂子は首を振《ふ》って、「お袋《ふくろ》さんも、具合悪かったしね。大変だろうね、さぞかし」

「そうでしょうね……」

と、あゆみは言った。

典子……。今、どんな思いでいるだろうか？

増田茂子はコーラを一杯《いっぱい》飲むと、

「ごちそうになるわね。お金ありそうだからさ、あゆみ」

と、立ち上って、「じゃ、またね」

タバコを灰皿《はいざら》へ押《お》し潰《つぶ》して、出て行く。

あゆみは、一人になると、体が震《ふる》え出しそうになるのを、必死でこらえなくてはならなかった。――典子の家にも、年中遊びに行っていて、無愛想だが、とても器用で、何でも簡単《かんたん》に作ってくれた、典子の父にも、よく会っていたのだ。

あの人が首を吊《つ》って死んだ……。何てことだろう！

典子は大丈夫《だいじょうぶ》だろうか？　おそらく、母親と、弟、妹をかかえて途方《とほう》にくれているに違《ちが》いない典子のことを思って、あゆみは胸《むね》が痛《いた》んだ。しかし、あゆみにはどうしてやることもできない。

いくら友だちでも、遠く離《はな》れてしまったら、手紙で慰《なぐさ》めるぐらいしか、やれることはないのだ。しかし――増田茂子の変りようも、あゆみには大きなショックだった。といって、子供《こども》だけを責《せ》めてすむだろうか。

あゆみは、ぼんやりと表の通りをガラス越《ご》しに眺《なが》めていた。――休日の原宿《はらじゅく》。中学生と、高校生ぐらいの女の子たちが、五人、六人とグループを作って、通りすぎて行く。屈託《くったく》なく笑い、はしゃぎ、飛びはねている女の子たち。――あゆみは、あの子たちと同じ世代なのに、どうしても、あんな風にはしゃぐことのできない自分を、感じていた。

いや、おそらく、あの町から、否応《いやおう》なく出て来ざるを得なかった子たち、みんな、同じ思いに違《ちが》いない……。

ふと、あゆみは目を止めた。――黒っぽい服の女の子が、歩いて来る。顔はよく見えないけれど、その服装《ふくそう》は、まるでお葬式《そうしき》にでも出るかのようで、明るい通りには、似《に》つかわしくなかった。

その歩き方に、あゆみは何となく見覚えがあるような気がしたのである。でも……。

うつむき加減《かげん》に歩いて来たその女の子が、あゆみのすぐ目の前を通ろうとして――顔を上げ、あゆみを見た。

――水のコップが落ちて、床《ゆか》で砕《くだ》けた。

「あゆみ！　大丈夫《だいじょうぶ》？」

ハッと振《ふ》り向《む》くと、待ち合せていた友だちが立っていた。

「あ……」

「ごめんね、遅《おそ》くなって。――危《あぶな》いよ、コップが割《わ》れてるから」

「あ――うん」

あゆみは、立ち上って、表へ目をやった。

もう、黒い服の姿《すがた》は、見えなくなっていた。――典子の姿《すがた》は。

おかしい。――あゆみは、新聞を閉《と》じて、考《かんが》え込《こ》んだ。

あゆみは、捜《さが》してみたのだ。典子の父が自殺したという記事を。しかし、一週間前まで、全部のページに目を通しても、その記事は見当らなかった。

「何してるの？」

と、母の百合子が居間《いま》を覗《のぞ》く。

「お母さん、他に新聞は？」

「それだけよ。――何を捜《さが》してるの？」

「こっちの用事」

と、あゆみは言った。「お父さん、まだ帰らないの？」

「今夜は遅《おそ》くなるって。お風呂《ふろ》、入ったら？」

「後でいい」

「そう？　じゃ、お母さん、先に入るわよ」

「どうぞ」

あゆみは、見終った新聞を、また最近の分から逆《ぎゃく》に見て行った。

そして――ふと、思い付いた。ページのナンバーだけを手早くチェックして行く。

「これかな」

二日前の分で、一枚《いちまい》抜《ぬ》けているのがある。もちろん、何でもないことかもしれないが、もしかして……。

あゆみは、台所の大きなくずかごを捜《さが》してみた。新聞らしいものはない。

二階へ上ったあゆみは、父と母の寝室《しんしつ》へ入って行った。隅《すみ》のくず入れ。――ティッシュペーパーが丸めて捨《す》ててある。その下を引っくり返すと――固くねじった新聞が出て来た。

「――ただいま」

階下で、父の声がした。「いないのか」

あゆみは、その新聞を広げると、手につかんだまま、下へおりて行った。

「――何だ、母さんは？」

居間《いま》のソファにぐったりと体を沈《しず》めている父が、あゆみの顔を見て、言った。

「お父さん。――これをどうして隠《かく》したの？」

あゆみが、新聞をテーブルの上に投げ出す。「三屋さんが自殺したって出てるわ。どうして、捨《す》てたの?」

父の顔が青ざめるのを、あゆみは見逃《みのが》さなかった。

「どうして、って……。お前が見たら、気にすると思ったんだ」

「お父さんが気にしたんでしょ」

「――どういう意味だ」

父が、じっとこっちを見つめる。――怖《こわ》がっている。怯《おび》えている。

「お父さん……」

あゆみは、ゆっくりとソファに座《すわ》った。「私《わたし》、ずっと気にしてた。でも、何でもないことなんだ、と自分へ言い聞かせて……。でも、もうごまかしておけないわ」

「あゆみ――」

「どうして、お父さんだけが、こんなにいい思いをしてるの? みんな失業同然で、あちこちに散らばって行ったわ。それなのに、うちは東京へ出て来たとたん、こんな新築《しんちく》の家、私《わたし》は私立《しりつ》の名門女子校。車まで買って……」

「それは——ちゃんとお父さんの能力《のうりょく》を、今の会社が評価《ひょうか》してくれたんだ」

「でも、できすぎてるわ。工場の閉鎖《へいさ》が決って、真先に次の勤《つと》め先《さき》が見付かったのは、うちじゃないの」

「それが不満なのか！」

と、神田は怒鳴《どな》った。「お前は、俺《おれ》たちが路頭に迷《まよ》って、その日暮《ひぐら》しをしてもいい、っていうのか！」

「そうしてる人が——いえ、せざるを得ない人が、いくらもいるわ」

と、あゆみは言い返した。「何があったの？　お父さん、話して！　典子は私《わたし》の一番仲のいい友だちだったわ。その子のお父さんが首を吊《つ》ったのよ」

「俺《おれ》のせいじゃない！」

いきなり神田はパッと立ち上った。「俺《おれ》が悪いんじゃない！」

「お父さん」

と、言ったのは、あゆみではなかった。

「百合子……」

「お母さん。——お風呂《ふろ》かと思ったわ」

「そう簡単《かんたん》にお湯は入らないわ」

と、百合子は言った。「あゆみ。お父さんを問《と》い詰《つ》めないで」

「でも、本当のことを知りたい」

「知ってどうするの？——見当はついてるんでしょう」

「お父さんは……会社のために、協力したのね」

「ああ」

神田は肯《うなず》いた。「——組合の反対で、もめないように、本社に頼《たの》まれて、こっそり組合を分断《ぶんだん》した。いいポストを約束して、工場閉鎖《へいさ》がすんなり行くよう、説得したんだ」

「そのおかげで、この家が——？」

「確《たし》かにそうだ。本社から準備金《じゅんびきん》ももらったし、この家も安く買えるように、はからってくれた」

「そう……」

あゆみは、何も感じなかった。今は、感じる勇気がないのかもしれない。

「あゆみ」

と、百合子が言った。「お父さんを責《せ》めないで。私《わたし》たちのために、と思って、そうしたのよ。それに――お父さんが一番辛《つら》い思いをしてるわ」

「お母さん」

あゆみは立ち上り、居間《いま》を出ようとして、言った。「典子に、そう言える？」

そして、二階へと駆《か》け上《のぼ》って行った。

4

折原和子は、三屋典子の家の前まで来て、足を止めた。

誰《だれ》かが、玄関《げんかん》の戸に何か貼《は》っている。

「何してるんですか？」

と、和子が声をかけると、振《ふ》り向《む》いたのは、工場の課長の一人だった。

「や、こりゃ先生」

と、会釈《えしゃく》して、「いつも子供《こども》がお世話に」

和子は、貼《は》ってある紙を見て、

「これ……。二週間以内に立《た》ち退《の》けって、どういうことなんですか」

「会社の決りでしてね。もう、うちの社員はいなくなったわけですから。社宅《しゃたく》には置いとけないわけです」

「それにしても……。ここには、病気の奥《おく》さんと三人の子供《こども》しかいないんですよ。二週間で出て行けなんて……」

「規定《きてい》ですからね、これが」

「だって、どうせ工場がなくなれば、新しい人がここに入るわけないんですから、閉《へい》鎖《さ》までいたって、構《かま》わないじゃありませんか」

「いや……しかし、本社の方では、一応《いちおう》、電気、ガス代とか、補助《ほじょ》もしていますから、経費《けいひ》のむだづかいは――」

「分りました」

和子は、大声を出したいのを、何とかこらえていた。「もう行って下さい」

「失礼します……。ま、これが規定《きてい》ですんでね」

と、言いわけがましく、呟《つぶや》きながら、帰って行く。

和子は、その課長がいなくなると、貼紙《はりがみ》をつかんではぎ取り、引《ひ》き裂《さ》いた。――そんなことをしても、この家の人々は救われない。しかし、せめて、そうでもせずにはいられなかったのだ……。

「――ごめん下さい」

と、中へ入って、「奥《おく》さん。――典子さん」

と呼《よ》んでみる。

誰《だれ》も返事をしない。夜だし、いないわけがないのに。

昼間の、お葬式《そうしき》の時にはゆっくり話ができなかったので、これからのことなど、典子と話そうと思って、やって来たのである。

「誰《だれ》かいませんか」

上るのもはばかられて、迷《まよ》っていると、戸が外からガラッと開いた。

「あら、先生」

近所の奥《おく》さんが、典子の弟と妹の手をひいて、立っていた。

「どうも。——その子たちは？」

「悪いけど、夕飯食べさせてやってくれ、って、典子ちゃんが頼《たの》みに来て。お葬式《そうしき》の後始末で忙《いそが》しいっていうんでね」

「そうですか。じゃ、典子さんは……」

「家にはいるはずですけど」

和子は、不安になって、上ってみることにした。

「典子さん。――典子さん」

襖《ふすま》を開け、和子は息をのんだ。典子が倒《たお》れている。

「典子さん！」

駆《か》け寄《よ》って、和子は典子の胸《むね》に耳を押《お》し当《あ》てた。――鼓動《こどう》は確《たし》かだった。

「大丈夫《だいじょうぶ》だわ。でも……気を失ってる」

和子は、ふと思い当った。この状態《じょうたい》は、この前、典子が授業《じゅぎょう》中に突然《とつぜん》倒《たお》れた時と、よく似《に》ている。

いくら起しても、起きようとしないのだ。

「自然に目を覚ますでしょう」

と、和子は言った。「たぶん――疲《つか》れが出て」

「お母ちゃんは？」

と、妹の方が言った。

「そうね。捜《さが》してみましょ」

和子は、立ち上って言った。

あゆみは、ベッドに突《つ》っ伏《ぷ》して、しばらく泣いた。

しかし、人間、どんなに悲しいことがあっても、永久《えいきゅう》に泣いているわけにはいかないのだ。

あゆみは、ゆっくりと体を起して、手の甲《こう》で目を拭《ぬぐ》った。

「ハンカチ、いる？」

と、誰《だれ》かが言った。

いや、あゆみには分っていた。振《ふ》り向《む》くと、典子が、勉強机《べんきょうづくえ》の前の椅子《いす》に座《すわ》っていた。

「典子……」

「会いたかった」

と、典子は言った。「凄《すご》いね、人間の愛情《あいじょう》って」

「典子、あなた……」

あゆみは、もちろん、典子が当り前のやり方でここに来たのでないことは、分っていた。

こんなことがあるものなのか、信じられなかったが、今、目の前にいるのは、確《たし》かに典子だった。

「本とか、一杯《いっぱい》読んだの」

と、典子は言った。「超能力《ちょうのうりょく》とか、空間移動《いどう》とか。でも、結局は、本当にその人のそばにいたいって思いが、どれくらい強いかで決るんですって」

「そう……」

「言ったもんね。二人はいつまでも友だちだって」

「うん、言ったね」

しかし——友だちでいられるのか？　何もかも知ってしまった今となっては。

「お父さんのこと、気の毒だったね」

と、あゆみは言った。

「うん……。でも、もう戻《もど》って来ないし」

と、典子は自分へ言い聞かせるように言って、「――あゆみ、凄《すご》くきれいになったね。お嬢様《じょうさま》って感じ」

「よして」

あゆみは、思わず目をそらした。

「あゆみ……。私《わたし》のこと、怖《こわ》いの?」

「いいえ」

「私《わたし》、幽霊《ゆうれい》じゃないのよ。いうなれば――魂《たましい》だわ。自分の一番願ってることを、形にするのよ」

「典子……。でも、もうあのころのことは、終ったんだわ」

「でも、それは大人の都合でしょ。私《わたし》たちは友だち。ね、そうでしょ」

あゆみは、やっと笑《え》みを浮《う》かべて、

「そうね……。友だちだわ」

と、言った。

その時、ドアの外で、

「あゆみ」

と、父の声がした。

あゆみはハッとした。

「ね、まずいわ、ここにいちゃ」

と、立ち上る。「お父さん、待って！」

ドアを開けて、父が入って来た。


典子は目を開き、そっと頭をもたげた。

暗く、静かな家の中に、すすり泣きの声がしている。もう、父の葬式《そうしき》は終ったのに、誰《だれ》が泣いてるんだろう？

典子は、ゆっくりと立ち上った。

襖《ふすま》を開けると、

「――先生」

「典子さん！　目が覚めたのね」

和子は、涙《なみだ》を拭《ぬぐ》って、「やっぱり、前と同じように？」

「びっくりしました？　ごめんなさい。私《わたし》、あゆみの所へ行ってたんです」

「典子さん……」

「本当なんです。ちゃんと今、あゆみと話もしました」

「典子さん、聞いて」

和子が、典子の肩《かた》に手をかけた。「お母さんが……」

「え？」

「弱ってらしたせいもあるんでしょうけど。ご主人が亡《な》くなって、寂《さび》しかったのよ」

「母が――お母さん！」

「台所で――待って！」

和子は、必死で、典子を押《お》し止《とど》めた。「待って、典子さん！」

「お母さん！」

「包丁で喉《のど》を突《つ》いて――」

典子は、和子の手を振《ふ》り切《き》って、台所へと駆《か》け込《こ》んで行った。


「誰《だれ》と話してたって？」

と、神田は言った。

「典子よ。三屋さん」

と、あゆみは言った。「信じないでしょうけど」

「あの三屋の娘《むすめ》が――どうしてこんな所に来るんだ」

神田は、首を振《ふ》って、「なあ、あゆみ。お前の気持は分る。――しかし、世の中、きれいごとだけじゃ生きて行けないんだ。分るか？」

あゆみは、ベッドに腰《こし》をかけて、父の、古くさい話を聞いていた。

「お前には、貧乏《びんぼう》させたくない。そう思ったから、お父さんはああして、組合を裏《うら》切《ぎ》ったんだ。しかしな、悔《く》やんじゃいないぞ。そうだとも。母さんやお前を、暮《く》らしのために働かせたりしたら、そっちの方がよほど悔《く》やんでいただろうな」

あゆみは、黙《だま》っていた。

「——何か言ったらどうだ」

と、父が不安げに言う。

「言ってどうなるの？」

と、あゆみは肩《かた》をすくめた。「お父さんは正しいと思ってやったんでしょ。だったら、私《わたし》がどう思おうと関係ないでしょう。私《わたし》だって、そのおかげで、こんなきれいな家に住んで、名門校へ通ってるんだから」

「あゆみ。お前は——」

神田は、言いかけて、ギョッと目を見開いた。「——何だ、あれは！」

あゆみは振《ふ》り向《む》いた。父が見ているものを、あゆみも見た。

「典子！」

典子が、部屋の隅《すみ》に立っていた。あの黒い服は同じだ。しかし、両手は血で真赤《まっか》になり、服の上にも、血はこびりついていた。

「どうしたの、典子！」

と、あゆみは叫《さけ》ぶように言った。

「消えろ！　こんな――こんなことがあるか！」

神田は、真青《まっさお》になって、怒鳴《どな》った。「畜生《ちくしょう》！　こんなのは幻《まぼろし》だ！　幻覚《げんかく》だ！」

「お父さん――」

「どけ！」

神田は、手をのばして、椅子《いす》をつかんだ。

「何するの！」

あゆみが父の手にしがみつく。

すると、典子が、燃《も》えるような目を神田へ向けて、

「聞いたわよ！」

と、絞《しぼ》り出《だ》すような声で言った。「ひどい人！　お父さんを――お母さんも、後を追って死んだのよ！」

「化けもの！　出てけ！」

神田が、椅子《いす》を振《ふ》り上《あ》げると、典子の上に振《ふ》り下《お》ろした。典子が叫《さけ》び声《ごえ》を上げて、倒《たお》れる。

「――典子！」

あゆみは、駆《か》け寄《よ》った。

神田は呆然《ぼうぜん》と突《つ》っ立《た》っている。――まさか、本当に、そこに人がいるとは思わなかったようだ。

典子は額《ひたい》から血を流し、ぐったりと倒《たお》れていたが、あゆみが抱《だ》き起《おこ》すと、目を開いた。

「あゆみ……」

「典子。――しっかりして！　今、救急車を――」

「やめて……。このままじっとしていて」

と、典子は、かすれる声で言った。

「でも――」

「あゆみの腕《うで》の中で……死ねるなんて」

「馬鹿《ばか》言わないで！　そんなに簡単《かんたん》に死にゃしないわ！」

「私《わたし》、あゆみみたいになりたかった……」

と、典子は言った。「あゆみは……私《わたし》の理想だったもん……」

「典子――」

「いつも――そばに」

典子の体が、フッと、かき消すようになくなった。そして――カーペットに、赤く血のしみが広がって、その中に、割《わ》れたメガネだけが、落ちていたのだ……。

和子は、打ちひしがれて、座《すわ》っていた。

典子の写真が、じっと自分を見下ろしている。――笑っているのが、却《かえ》って辛《つら》かった。むしろ、にらみつけるか、責《せ》め立《た》てるような目で見ていてくれたら、と思った。

町の公民館は、ガランとして、人の姿《すがた》はなかった。――夜になっていて、もう、典子の弟と妹も、近所の奥《おく》さんの家へ戻《もど》っていたのである。

ただ一人、和子が、典子の棺《ひつぎ》の前に、座《すわ》っていた。

一体何があったのか。母の死のショックで、何かに頭を打ちつけたのか……。誰《だれ》にも分らなかった。

確《たし》かなのは、典子が死んだということだけである。――母親の方が一足早く、遺骨《いこつ》になった。

典子の死体は、一応警察《いちおうけいさつ》で調べなくてはならなかったのだ。

自分は何をしていたのか。生徒が死ぬとき、そばについていながら、何をしていたのか……。

和子は、涙《なみだ》がこみ上げて来るのを、じっとこらえた。泣いたら卑怯《ひきょう》だ。泣いて、逃《に》げてはいけない。

自分がやったこと、やらなかったことを、しっかり見据《みす》えるのだ。

誰《だれ》かが入って来た。——振《ふ》り向《む》いて、和子はびっくりした。

「神田さん！」

あゆみが、立っていたのだ。

「——典子に、返すものがあって」

と、あゆみは言った。「私《わたし》は、典子みたいに純粋《じゅんすい》じゃありませんでした。電車で来たんです」

「そう……」

あゆみは、焼香《しょうこう》すると、

「——先生、これを典子に」

と、割《わ》れたメガネを、取り出す。

「これ……。どこで？」

「私《わたし》の家です。典子、本当に、うちへ来たんです」

「じゃあ……」

「父が――父がやったんです」

あゆみは一部始終を、和子に話して聞かせた。

「そんなことが……」

「父がやったといっても、誰《だれ》も信じてくれないでしょう」

あゆみは、赤い目で、写真を見て、「父は、償《つぐな》いをする、と言ってます。何とかして、工場に残った人たちの働き口を捜《さが》す、と。頭を下げて頼《たの》んで回る、と言ってます」

和子はゆっくりと肯《うなず》いた。

「――それですむことかどうか、分りませんけど」

「どうしようもないことだったのよ」

と、和子は首を振《ふ》って言った。「ね、これを、かけてあげましょう」

「ええ」

二人は立ち上って、棺《ひつぎ》の中に眠《ねむ》る、典子の顔に、そっとメガネをかけてやった。

翌日《よくじつ》、典子の葬儀《そうぎ》がすむと、あゆみは東京へと戻《もど》って行った。

和子は、あゆみを見送って、町へと戻《もど》った。

町は相変らず、寂《さび》しく、灰色《はいいろ》に見えたが、それでも和子は、どこかこれまでと自分の心が違《ちが》っているのを感じていた。

それは何だったのだろう?

町は、日を追って、さびれ、やがて消えて行くかもしれない。しかし、人はたとえ方々へ散っても、決して変らず、揺《ゆ》るがないものがある。

典子が、自ら身をもって証明《しょうめい》したように、人と人との絆《きずな》は、時に、空間や時間さえ超《こ》えてしまうのだ。

和子は、そこまで突《つ》きつめ、思いつめた、典子の心を思いやると、いじらしく、また嬉《うれ》しかった。——誰《だれ》にでも可能《かのう》ではないとしても、この世に奇跡《きせき》が存在《そんざい》すると知ることは、すばらしかった。

それも人の愛の力が、それをなしとげたのだから。

「先生、こんちは」

と、生徒が、声をかけて行く。

「こんにちは」

和子は、笑顔《えがお》で答えながら、あの子たちの明るさの中に、この町が生き続けるのだ、と思った。

「先生、頑張《がんば》って」

――どこかから、典子の声が聞こえたような気がして、和子は思わず周囲を見回したのだった。

終夜運転

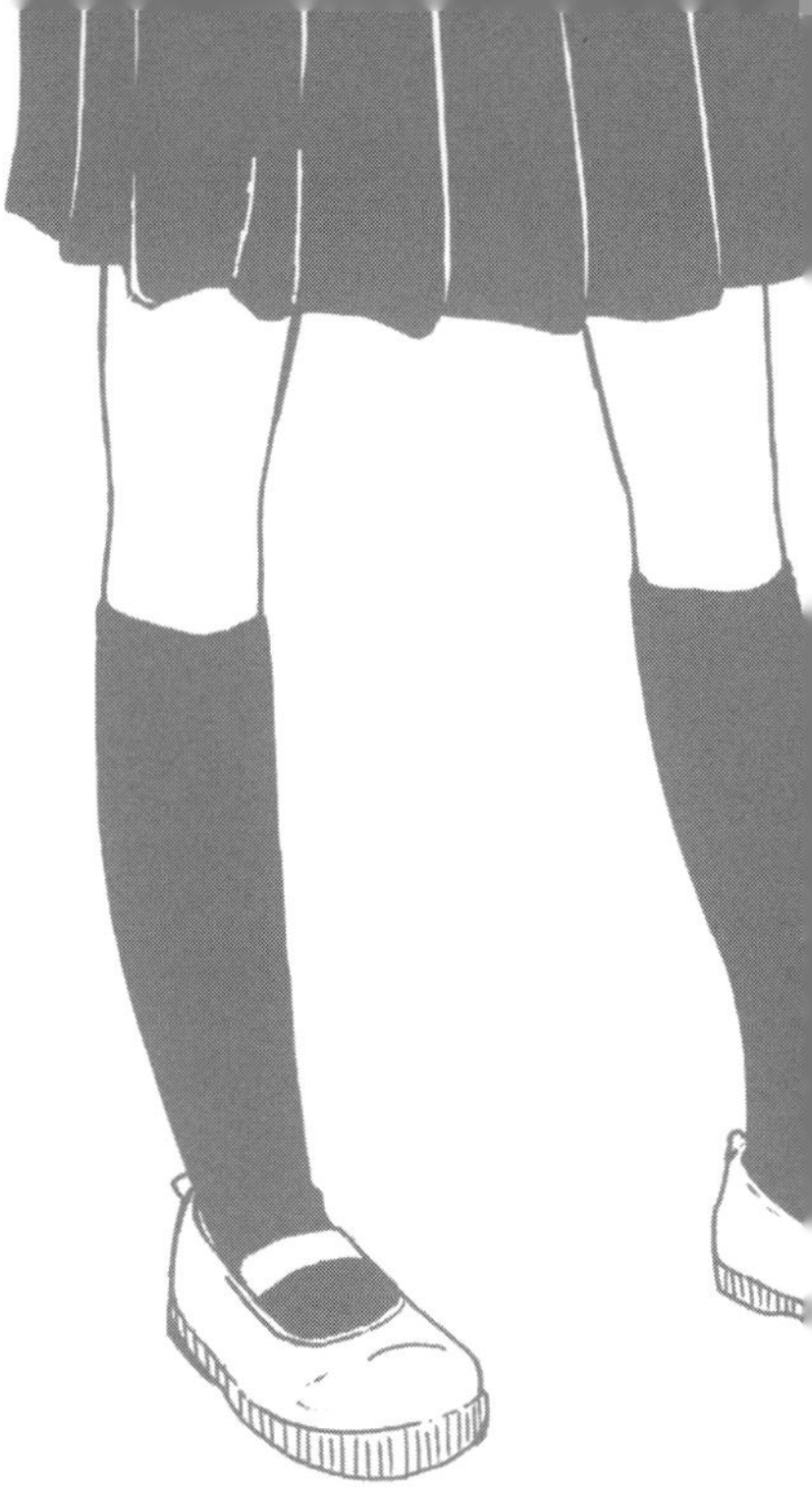

1

「お疲《つか》れさまでした」

という声が、何だかいやに遠く聞こえた。

どうしたんだ、俺《おれ》の耳は？

少し飲《の》み過《す》ぎたのかもしれない。そうだな、たぶん……。

「あなた。ほどほどにしておかないと」

という妻《つま》の言葉など無視《むし》して、ずいぶん飲んでしまった。

家では怖《こわ》くて、夫の手からグラスを引ったくる妻《つま》だが、さすがにパーティの席でそこまではやらない。

人目というものがある。

いくら道子《みちこ》でも、大勢《おおぜい》の客が見ている前で夫のグラスを取り上げはしないだろう。

それを見越《みこ》して、大倉《おおくら》はしたたか酔《よ》ってしまった。

そうなると勝手なもので、

「おい、どうしてこんなに酔《よ》う前に止めてくれなかったんだ？」

と、道子に言ってやりたかったが……。

どこを見回しても、道子の姿《すがた》がない。

「おい。——女房《にょうぼう》を見なかったか？」

と、そばにいた男へ訊《き》いてみたが、けげんな表情《ひょうじょう》で見返されただけだった。

何だ、こいつは？

その若《わか》い男は、大倉のことをただの「妙《みょう》な酔《よ》っ払《ぱら》い」としか見ていないのが、その目つきで分った。

失礼な奴《やつ》だ！　この俺《おれ》を誰《だれ》だか知らないとでも言うのか？

「これは総理《そうり》」

と、このパーティの主催者《しゅさいしゃ》の一人が、胸《むね》につけたバラの花を落としながら、駆《か》けつけて来た。

「おい、うちの奴《やつ》を見なかったか?」

「奥様《おくさま》でしたら、一足先に帰るからとおっしゃって……」

「帰った? そうか」

勝手なもので、飲んでいるときには、人を責《せ》めるような目で見るので、

「早く帰っていいんだぞ」

と言っているくせに、本当に帰ってしまったとなると、

「少しぐらい、待ってりゃいいじゃないか!」

と、文句《もんく》を言いたくなるのだ。

「ちゃんとお車でお送りしました。総理《そうり》のお車もご用意いたしますので、少しおかけになってお待ち下さい」

そのときになって、「元内閣総理《そうり》大臣」大倉哲太郎《てつたろう》は、パーティ会場がほとんど空になっていることに気付いた。

「うん……。大分遅《おそ》くなったんだな」

と、大倉は少しシャンとしようと努力しつつ言った。

「はい。ロビーのソファでお休みを」

「うむ……」

大倉は、主催者《しゅさいしゃ》の男について、フラフラと歩きつつ、「おい、さっきの若《わか》いのは、俺《おれ》が誰《だれ》だか分っていなかったぞ」

「ご冗談《じょうだん》でしょう！　大倉総理《そうり》を存《ぞん》じ上《あ》げないなんて」

「いや、確《たし》かに……」

「それはまあ……きっと、パーティに遅《おく》れて来て、総理《そうり》のお話を聞いていなかったんでしょう。まさか、あの大倉総理《そうり》が目の前におられるとは、想像《そうぞう》もしていなかったんですよ」

「うん、まあ……。大分前のことだしな、俺《おれ》が総理《そうり》をやっていたのは。もう五年……いや、七年はたつか」

ロビーへ出ると、人影《ひとかげ》はほとんどない。

「――おい、俺《おれ》の荷物!」

と、大倉は言った。

「お荷物でございますか」

「そうだ! 大切な写真だ。きちんと風呂敷《ふろしき》に包んで――」

「お待ち下さい」

受付も、二、三人がすでに片付《かたづ》けを始めている。

少しして、男は紙袋《かみぶくろ》を手に戻《もど》って来た。

「これですね」

「ああ、そうだ。これは、そりゃあ貴重《きちょう》なものなんだぞ」

と、紙袋《かみぶくろ》ごと抱《だ》きかかえるようにして、ロビーの奥《おく》のソファにフラフラと歩いて行くと、ドサッと座《すわ》り込《こ》んだ。

「――車が用意できましたら、すぐお迎《むか》えに上りますので」

主催者《しゅさいしゃ》の男は、急いで会場の中へ戻《もど》った。

そこにいた若《わか》い男が、

「誰《だれ》です、今の？」

と訊《き》いた。

「おい、気を付けろよ。あれは元総理《そうり》大臣の大倉哲太郎さんだ」

と、渋《しぶ》い顔になる。

「大倉……。ああ、そんな首相《しゅしょう》がいましたね、昔」

「当人の前でそんなこと言うなよ」

「でも、僕《ぼく》なんか憶《おぼ》えてませんよ。もう十年じゃきかないでしょ？　二十年前？」

「十五、六年かな。――まあ、本人は今でも現役《げんえき》のつもりなんだ。そう思わせとくさ」

「そうですね」

「車を一台呼《よ》んでくれ。大倉先生のためのだ」

「車ですか？　タクシーでいいですね」

「ハイヤーだ！　用意しといたのは、奥様《おくさま》が乗って帰られてしまった」

「分りました」

「頼《たの》んだぞ」

と言われたものの……。

若《わか》い男は、受付を片付《かたづ》けている女性《じょせい》社員に、

「あのソファに座《すわ》ってる年寄《としより》、誰《だれ》だか知ってるかい？」

などと訊《き》いたりしている内に、車のことなど忘《わす》れてしまっていた……。


世も末だな……。

大倉はため息をついた。

ついこの間まで総理《そうり》大臣だった俺《おれ》のことを忘《わす》れるとは……。

道子がいなくて良かったかもしれない。道子が聞いたら、

「だから、もうパーティに出るのはおよしなさいと言ったじゃないの」

とでも言い出すだろう。

なに、俺《おれ》だって出たいんじゃない。みんながまだ俺《おれ》を必要としているんだ。そうだとも！

俺《おれ》は一度は日本を動かす立場だったのだ。

そうだとも……。

大倉は、いつしかソファで寝入《ねい》ってしまっていた。

そして、どれくらいたったのだろう？

「おい、道子！」

と、声に出して呼《よ》んで、目が覚めた。

うん？　どうしたんだ、俺《おれ》は？

大倉は自分がポツンと一人でソファに座《すわ》っていることに気付いた。

ここは……。家じゃない。いくら大邸宅《だいていたく》に住んでも、こんなに広い部屋はない。

「ああ……」

何となく思い出して来た。

俺《おれ》はパーティに出ていて、道子が先に帰ってしまい……。

しかし――これはどうしたんだ?

ロビーは人気がなく、しかも照明がほとんど落ちてしまって、ひどく薄暗《うすぐら》い。

あいつ……。車が来たらお迎《むか》えに上りますとか言っておいて――。

「おい! 誰《だれ》かいないのか!」

と、大倉は大声を出した。

しかしその声もロビーの静寂《せいじゃく》に吸《す》い取《と》られて消えて行くばかりだった。

それでも大倉は、

「誰《だれ》かが迎《むか》えに来るべきだ」

と、ソファで待っていたが、やがてさすがに自分一人、忘《わす》れられたのだと認《みと》めざるを得なかった。

「文句《もんく》を言ってやる! 全く、今の奴《やつ》らは礼儀《れいぎ》を知らん」

と、ブツブツ言いつつ、ソファから立ち上った。

――ガラス扉《とびら》を押《お》して外へ出ると、大倉は当惑《とうわく》した。

ここはホテルじゃないのか？

そこにはタクシーの一台も停《とま》っていなかった。〈タクシー乗場〉の立札はあっても、タクシーがいない。

どうなってるんだ、全く……。

大倉は、仕方なく歩き出した。

広い通りへ出れば、タクシーも通るだろう。まさか家まで歩いては帰れない。

一体何時ごろなのか。――通りに人影《ひとかげ》はなく、車もさっぱり通らない。

こんなことがあるのか？

大倉は、紙袋《かみぶくろ》を抱《かか》えつつ、ともかく通りを歩き出した。

家まで歩くとなったら一時間では無理だ。――あんなパーティに出るんじゃなかった。

今さら文句《もんく》を言っても始まらないが……。

そのとき――ゴーッという音がして、大倉は振《ふ》り返《かえ》った。

この音……。ゴーッ、ガタンガタン……。

懐《なつか》しさを感じさせる音だった。

しかし、まさか……。

いや、それが二つの大きなライトを目玉のように光らせてやって来るのを見て、大倉は目を丸くした。

「驚《おどろ》いたな！」

これは――路面電車だ。たった一両。

古びた車体。しかし、明りのついた車内の様子が、夜の闇《やみ》の中に、暖《あたた》かく浮《う》かび上っている。

市電。――こんなものが、まだ走っていたのか！

大倉は、思わず駆《か》け出《だ》して手を振《ふ》っていた。

「おい！——乗せてくれ！」

そこが停留所《ていりゅうじょ》かどうかなどということは考えもしなかった。そして、電車は大倉の目の前で停《と》ったのである。

2

大倉が乗《の》り込《こ》むと、電車はすぐにまた動き出した。

ガタンゴトンと音をたて、まるで息切れしているように揺《ゆ》れながら、電車は走っていた。

他には誰《だれ》も乗っていない。

大倉は、運転士に近い席に腰《こし》をおろすと、ホッと息をついた。

カシャ、カシャと規則的《きそくてき》な音がしている。何だろうと目を上げると、ズラッと並《なら》んだ吊《つ》り革《かわ》が電車の揺《ゆ》れるのに合わせて一斉《いっせい》に振子《ふりこ》のように揺《ゆ》れて、網棚《あみだな》の端《はし》に当っているのだった。

大倉は、懐《なつか》しい気分に浸《ひた》って、しばし時を忘《わす》れたが……。

「ああ、そうだ」

俺《おれ》は元総理《そうり》大臣なのだ。電車にタダ乗りしたなどと言われたら恥《はじ》だ。

「――おい、君」

と、運転士へと声をかけた。「今はいくらなのかね、料金は？」

すると、驚《おどろ》いたことに、若《わか》い女の声が、

「料金はいただきません」

と答えた。

大倉は目を見開いて、

「君……いくつかね」

と訊《き》いた。

その女性《じょせい》――というより、女の子は、どう見ても十代だったからだ。

「私《わたし》ですか？　十六です」

と、少女がちょっと振《ふ》り向《む》いて言った。

丸顔の、愛らしい娘《むすめ》だ。髪《かみ》をお下げにして赤いリボンで結んでいる。

「十六……。十六歳《さい》で電車を走らしてるのか」

「ええ。私《わたし》だけじゃありません」

と、少女は言った。「他にも何人もいますよ」

「そりゃあ大変だ」

大倉は面食らっていた。公共の交通機関で、十代の少女が運転しているものがあるとは。

少なくとも、俺《おれ》のころにはそんなことはなかったぞ！

「慣《な》れですよ」

と、少女は前方へ目を向けたまま言った。「初めは、この電車がちっとも言うこと聞いてくれなくて。泣きたくなったもんですけどその内慣《な》れて……。今はこうして電車を動かしているのが嬉《うれ》しいです」

「そうか」

こんな夜遅《よるおそ》くまで、十六歳《さい》の少女が働いている。そのことは、法的にどうかという問題を別にして、大倉を感心させた。

それにしても——少女の服装《ふくそう》は奇妙《きみょう》だった。上は白いブラウスだが、大分汚《よご》れて、黄ばんでいる。そして下は——どう見ても、あれは「もんぺ」だ。

「今はそういう格好《かっこう》が流行《はや》ってるのかね」

と、大倉は言った。

少女はちょっと笑って、

「これはこれでお洒落《しゃれ》でしょ?」

「ああ。私《わたし》は好きだね」

なかなか爽《さわ》やかで気持のいい子だ。

電車は、のんびりと夜の町を走り続けている。——一向に外が明るくならない。この辺はにぎやかな繁華街《はんかがい》のはずだが。

「お客様はどちらまでですか?」

と訊《き》かれて、大倉は当惑《とうわく》した。

自分の住所を最近忘《わす》れてしまうことがあるのだ。

「ああ……。ともかく近くへ来たら言うよ」

「はい。どこでもお停《と》めしますから、おっしゃって下さい」

「ありがとう」

少女は少しスピードを上げた。――といっても大したことはない。

歩いていたのが駆《か》け足《あし》になったくらいのことである。

「――お客様のお顔、どこかでお見かけしたような気がしますけど」

と、少女は言った。

大倉はついニヤニヤしてしまう。さっきの若《わか》い男より、この子の方がずっとまし、だ!

「そうだろう。私《わたし》は以前、総理《そうり》大臣だったんだ」

「まあ！　そんなに偉《えら》い方だったんですか」

と、少女は目を丸くして振《ふ》り返《かえ》り、「それは失礼しました」

「いやいや、もう大分昔のことでね」

大倉は抱《かか》えていた包みを開くと、「——この写真、見たことはないかね」

少女はふしぎそうに写真を見て、

「一人はお客様ですね」

「うん。もう一人はね、アメリカの大統領《だいとうりょう》なんだ。分るかね？　大統領《だいとうりょう》の牧場に招《よ》ばれて行ったときに撮《と》った写真なんだよ」

大倉は改めて、二人が旧友《きゅうゆう》のように並《なら》んで笑顔《えがお》で立っているその写真を眺《なが》めた。

いつ見ても、大倉の中に熱いものがこみ上げてくる。

これは俺《おれ》の人生の「ハイライト」だった。この一瞬《いっしゅん》のために、何を犠牲《ぎせい》にしてもいいと思ったものだ。

正直なところ、当時アメリカがのめり込《こ》んでいた戦争は、到底筋《とうていすじ》の通ったものではなかった。アメリカの爆撃《ばくげき》で、罪《つみ》のない市民が何万も死んで行った。

大倉だって馬鹿《ばか》ではない。アメリカが間違《まちが》っていると分ってはいたのだ。

だが、この一枚《いちまい》の写真は、遠い国の女子供《おんなこども》の何千、何万の命などどうでもいいと思わせるほど、大倉の生涯《しょうがい》を飾《かざ》るものになったのだった……。

大倉は、ふと少女の視線《しせん》を感じて顔を上げた。少女はふしぎそうな表情《ひょうじょう》で、大倉を眺《なが》めている。

「——どうかしたかね?」

と訊《き》くと、少女は急いで前方へ視線《しせん》を戻《もど》して、

「今——アメリカの大統領《だいとうりょう》、っておっしゃったんですか?」

「うん、そうだよ。君も名前くらいは知ってるだろう」

そのとき、少女が電車を停《と》めた。

「客かね」

少女がハッと息をのんだ。

「特高《とっこう》です！　アメリカ人だなんて言っちゃだめですよ」

　と、少女が早口に言った。

「何だって？」

　電車に二人の男が乗《の》り込《こ》んできた。

「ご苦労さまです」

　と、少女が会釈《えしゃく》する。

「うむ」

　目つきの鋭《するど》い男たちだった。

「あんた、こんな時間にどこへ行くんだね」

　一人が大倉へ訊《き》いた。

「家へ帰るんだ」

　と、大倉は答えて、写真をしまい込《こ》んだ。

「それは写真か？」

「そうだが……」

「見せろ」

横柄《おうへい》な態度《たいど》に、大倉はムッとした。

後で名前を聞いて、注意してやろう。総理《そうり》大臣の顔も分らないのか。

「個人的《こじんてき》な記念の写真でね」

「いいから見せろ」

大倉は肩《かた》をすくめて、写真を渡《わた》した。

その二人がそれを見て、大倉に気付き、

「これは失礼いたしました！」

と、頭を下げて来るだろうと期待していたのだが――。

二人の男たちはうさんくさげに大倉を見るだけだった。

「この外国人は？」

と、一人が訊《き》く。


特高……特別高等警察の略。明治末期から第二次世界大戦の敗戦まで、国民の思想や言論を取り締まり、弾圧した。

「知らんのか？」

「お前に訊《き》いてるんだ」

「呆《あき》れたな。その顔も分らんのか。それは——」

と言いかけた大倉を遮《さえぎ》って、少女が、

「私《わたし》も訊《き》いたんですよ！」

と言った。「ドイツの有名な方なんですって！」

大倉は少女を見た。少女の真剣《しんけん》な目は、「私《わたし》の言う通りにして！」と訴《うった》えていた。

「ドイツ人か。いい身なりだ。どこかの社長か？」

大倉は少しポカンとしていたが、

「——ああ。取引先の社長だ」

と肯《うなず》く。

「ふーん。日本がこんな世の中だというのに、のんびり写真など」

と、不服げな一人へ、もう一人が笑って、

「見ろよ。ずいぶん若《わか》い。これは昔の写真だぜ」

と言った。

「そうか。——まだ戦争が始まる前だな、きっと」

大倉は耳を疑《うたが》った。戦争が始まる前？

どこの戦争のことを言ってるんだ？

だが大倉が訊《き》く前に、男たちは、

「ああ、その交差点でいい」

と、少女へ言って電車を停《と》めさせ、降《お》りて行った。

大倉はまた一人になって、電車が走り出す。

そのときになって、大倉は少女の言ったことを思い出した。

「特高《とっこう》です」

と、少女は言った。

特高《とっこう》。——それは遠い昔の言葉だ。

では、これはもしかすると……。

「良かったわ」

と、少女が言った。「もしお客さんが『アメリカの大統領《だいとうりょう》』なんて言ったら、どうしようかと思ってた」

「アメリカは……今、敵国《てきこく》なのかね」

と、大倉は言った。

「ええ、もう何年もアメリカと戦争してるんですよ」

少女は大倉が少しボケているとでも思ったのだろう。やさしい口調で言った。

「――その先で停《と》めてくれ」

と、大倉は言った。

「はい」

大倉は、ともかく電車から降《お》りたかった。

電車が停《とま》り、大倉は降《お》りようとして、

「ありがとう」

と、少女へ言った。

「お気を付けて。またお会いできるといいですね」

「君の——名前を聞いていいかね」

「私《わたし》ですか。千加代子《せんかよこ》っていうんです。何だか偉《えら》そうでしょ。でも『裏千家《うらせんけ》』とかとは何の関係もないんです」

と、少女は笑った。

「じゃあ……」

大倉は電車を降《お》りた。

暗い街路に立つと、明るい車内で少女が微笑《ほほえ》みながら手を振《ふ》るのが見えた。

路面電車はガタンゴトンと音をたてながら遠ざかって行く。

そして、電車が見えなくなったとき、大倉は自分が自宅《じたく》のすぐ近くに立っていることに気付いた。

突然《とつぜん》周囲が明るく、にぎやかになった。
二十四時間営業《えいぎょう》のレストラン、コーヒーショップ、コンビニ……。
いつもの見慣《みな》れた町がそこにあった。
大倉は、夢《ゆめ》からさめたような心持ちで、我《わ》が家《や》へと向って歩き出した。

3

芝生《しばふ》に秋の日射《ひざ》しが柔《やわ》らかく映《は》えている。
その真中にポツンと忘《わす》れられたように見える車椅子《くるまいす》。
大倉は、ゆっくりと芝生《しばふ》を横切って行った。
——母は目をつぶって、眠《ねむ》っているかのようだった。
ときどき、大倉は眠《ねむ》っている母を見て、死んでいるのではないかと思うことがある。
そしてゾッとするのだ。——母さんが死んだらどうしよう？　どうやって生きていこう、と……。

　おかしなものだ。大倉ももう七十四。今さら母に頼《たよ》る必要などないのに、こうしてそばに来ると「甘《あま》えん坊《ぼう》の息子《むすこ》」に戻《もど》ってしまうのだ。

　母さん、と声をかけようとすると、

「哲ちゃんかい」

　目も開けずに、母が言った。

「ああ」

　大倉は、いつもこの母の直感の鋭《するど》さにびっくりする。

　母、大倉のぶ代《よ》は目を開けて、息子《むすこ》を見た。

「どうしたの」

　と訊《き》く。

「どう、って？　顔を見に来ちゃいけないかい」

「それだけじゃないね。その顔は、何か特別な用事があるって言ってるよ」

「母さんにはかなわないな」

大倉は芝生《しばふ》に腰《こし》をおろした。

のぶ代は今九十三歳《さい》だが、リューマチで歩くことはできなくても頭は驚《おどろ》くほどはっきりしている。

「――具合はどう?」

と、大倉は訊《き》いた。

「相変らずだね」

と、のぶ代は首を振《ふ》って、「医者に、五十代の心臓《しんぞう》ですね、って言われてる」

「結構《けっこう》じゃないか」

「私《わたし》はもう充分《じゅうぶん》。――いつ死んでもいい」

「母さんは僕《ぼく》より長生きするよ」

「長生きしたくないよ、これ以上」

のぶ代は、青空をまぶしげに見上げて、

「日本がまた戦争を始めて、爆撃機《ばくげきき》がいつ爆弾《ばくだん》を落としに来るかとハラハラしながら死ぬのはいやだからね」

「戦争なんて起ってないよ」

「起ったら諦《あきら》めるしかない。今の私《わたし》にはね。でも、辛《つら》いのは、また日本を戦争する国にしたのが、哲ちゃん、あんただと思うことよ」

大倉は母から目をそらした。

「その話はやめてくれよ。――日本はアメリカと組まなきゃやっていけないんだ。少々間違《まちが》ってると分ってることでも付合うのが友人ってものさ。そうだろ？」

「友人はね、武器《ぶき》や石油で大儲《おおもう》けしたりしないよ」

のぶ代の言葉は鋭《するど》い。

「――色んなことがあるんだよ、世の中は。正しいことばかりじゃ生きていけないんだ」

大倉は、憲法《けんぽう》を無視《むし》して、海外へ自衛隊《じえいたい》を送り出した。――今はまだ大きな犠牲《ぎせい》は出ていないが、いずれアメリカはまたアジアや中東のどこかで戦争を始めるだろう。そのとき、死ぬのはアメリカの若者《わかもの》でなく、日本の若者《わかもの》たちになるだろう……。

その道を拓《ひら》いたのは、確《たし》かに大倉なのだ。

「大丈夫《だいじょうぶ》。そう簡単《かんたん》に戦争なんて起らない」

と、大倉は言った。

「もう言わないよ。あんたのお金で、こんな高級なホームに入っていられるんだからね。もうそう長くは手間をかけないと思うよ」

「母さん……」

大倉は言いかけて、「——今日は、ちょっと訊《き》きたいことがあって来たんだ」

「——何だい?」

「母さん、いつか話してなかったっけ。女学生のころ、広島《ひろしま》で、市電を運転してたって」

のぶ代は、ちょっと眉《まゆ》を寄《よ》せて、

「突然《とつぜん》、何の話?」

と言った。

「すっかり忘《わす》れてたんだけど、いつかそんな話を聞いたことがあったような気がして」

「ああ。――十六、七のころね。昭和十九年から二十年にかけて、市電の運転士がみんな兵隊に取られて、人手が足りなくなったの。それで、田舎《いなか》の女学生に、『無料で学校へ行かせてやる』という謳《うた》い文句《もんく》で、市電の運転士にならないかと募集《ぼしゅう》があったのよ」

「じゃ、本当に運転したんだね」

「もちろんよ！　初めは講習《こうしゅう》を受けたりしたけど、その内、そんな余裕《よゆう》もなくなって、すぐに乗務《じょうむ》させられた」

のぶ代の顔にフッと若々《わかわか》しい笑《え》みが浮《う》かんだ。

「簡単《かんたん》に口で説明されただけで、すぐに本当の電車を動かしたんだからね！　初めはとてもじゃないけど思うように動いてくれなくて、停留所《ていりゅうじょ》を行《い》き過《す》ぎたり、交差点の真中で停《と》まっちゃったりね」

のぶ代は思い出し笑いをした。

「本当！　終点に着くと、汗《あせ》だくだったわよ」

「でも、ちゃんと運転してたんだろ」

「そう。――じきに慣《な》れるとね、あんなに気持のいいものはなかったね！　あの重くて大きな電車が、自分の思い通りに走ったり停《とま》ったりする。子供《こども》は電車ごっこが好きだろ？　私《わたし》たちは本物を動かしてたんだからね」

のぶ代の顔が誇《ほこ》りに輝《かがや》いた。

しかし――すぐに表情《ひょうじょう》は曇《くも》り、

「でも、あの日が来た……。暑い朝。普通《ふつう》にしてても汗《あせ》がタラタラ流れ落ちたわ」

「それは……」

「八月六日。原爆《げんばく》の落ちた日よ」

と、のぶ代は言った。「あの日、市内に電車を走らせていた子たちは、電車もろとも、灰《はい》になってしまったわ。焼かれ、粉々に吹《ふ》き飛《と》ばされてね……」

「大勢《おおぜい》死んだの？」

「そうよ。でも――私《わたし》たちは正式に採用《さいよう》されて働いてたわけじゃなかったから、名簿《めいぼ》もなく、記録も焼けてしまって、何人が死んだのか、分らずじまいになったわ」

「そうか……。母さんは乗ってなかったんだね」

「でなかったら、あんたもこの世にいなかったわね」

と、のぶ代は言った。「でもね、原爆《げんばく》の落ちた三日後には、市内の比較的被害《ひかくてきひがい》の小さかった辺りに、私《わたし》たちは電車を走らせたのよ」

「そんなに早く？」

「そう。あの悲惨《ひさん》な町の中、泣きながら私《わたし》は電車を運転した。――でも、みんな喜んでくれた。一瞬《いっしゅん》で廃墟《はいきょ》になった町を、電車が走ってる。しかも若《わか》い娘《むすめ》が運転して……。それを見て、力づけられ、勇気づけられた人が大勢《おおぜい》いたのよ」

大倉は驚《おどろ》いた。原爆《げんばく》で広島の町は大変な惨状《さんじょう》だったろう。

少女たちにも、おそらく消息の心配な家族や知人があっただろうに、市電を走らせていた……。

「けが人も運んだし、行方《ゆくえ》の知れない親や子を捜《さが》す人も乗せたわ」

と、のぶ代は思い出しながら言った。

「料金は？」

「取らなかったわよ。あの日はそれどころじゃなかった」

大倉は、少し考えてから、

「母さん、もしかして……千加代子って女の子を知らない？」

と言った。

のぶ代が、大きく目を見開いた。

「お前……。どうしてあの子の名を知ってるの？」

「うん……。ちょっとあるところで耳にしてね。その市電の話と一緒《いっしょ》に。それで、もしかしたら知ってるかと……」

「知ってるどころか――。忘《わす》れられはしないわよ」

のぶ代の表情《ひょうじょう》が悲しげにくもった。「あの子がいなかったら、私《わたし》が死んでた」

「それって、つまり……千加代子は死んだってこと？」

「そうよ」

のぶ代は肯《うなず》いた。「加代子ちゃんは、原爆《げんばく》の爆心地《ばくしんち》に近い所で、電車を運転していたのよ、そのとき」

「じゃあ、電車ごと……」

「跡形《あとかた》もなく。――でも、何十メートルも飛ばされた車両が後で見付かったの。だけど、中で死んでいた人たちは……。全然見分けがつかなかった」

のぶ代の声が詰《つま》った。「昨日のことのようだわ。――本当は私《わたし》が死んでいたはずなのに」

大倉は、あの電車が「過去《かこ》」を走っていたこと――それを自然なことのように受《う》け容《い》れている自分に、びっくりした。

おそらく、年をとって、自分が見たもの、聞いたことを、ありのままに認《みと》められるようになったのだろう。

あれがただの夢《ゆめ》だとか幻《まぼろし》だったとは、到底《とうてい》思えない。

妻《つま》の道子は、話を聞いて、

「酔《よ》って夢《ゆめ》と現実《げんじつ》の区別がつかなくなったのね」

と、アッサリ片付《かたづ》けたが。

「母さん、その事情《じじょう》を聞かせて」

と、大倉は言った。「本当は母さんが死んでいたはず、っていうのは？」

「待って。――何しろ七十年以上も前の話だからね」

と、のぶ代は目をつぶって、しばらく考えていたが、やがて目を開けて、「そう。

――原爆《げんばく》の落ちる数日前だった」


「暑いわね！」

乗務《じょうむ》を終えたのぶ代が車庫へ戻《もど》って来ると、他の路線で走っていた千加代子が声をかけて来た。

「加代子。もう今日はこれで上り？」

「ええ。のぶ代も？」

「ちょっと母の具合が悪くてね。一旦《いったん》家へ帰って来なきゃいけないの」

「あら、いけないいわね。たまには親孝行《おやこうこう》してらっしゃい。少しゆっくりしてくるといいわ」

加代子は、明るさを失わない子だった。

南方で兄を亡《な》くしていたが、仲間たちの前で、涙《なみだ》を見せることはなかった。

「――井戸水《いどみず》はおいしいわね！」

冷たい水をくんで、二人はゴクゴクと飲んだ。

夕方といっても、まだ西日が暑く照りつけている。

「加代子。――ちょっと」

仲間の少女が駆《か》けて来た。

「どうしたの？」

「あんたのこと訪《たず》ねて……」

「誰《だれ》が？」

返事はなかった。——二人の男がやって来るのが見えた。

一目で分る。特高《とっこう》だった。

憲兵《けんぺい》と特高《とっこう》。——誰《だれ》もが目も合わせないようにするほど恐《おそ》れられていた。

「我々《われわれ》を憶《おぼ》えてるかね」

と、男の一人が言った。

「あの……二、三日前の夜に……」

「そうだ。君の運転する電車に乗った」

と、男は肯《うなず》いて、「あのときの年寄《としより》の客を憶《おぼ》えてるか？」

「はい……」

「妙《みょう》な写真を持っていた。外国人と仲良く並《なら》んでいる写真だ」

「憶《おぼ》えています」

と、加代子は不安げに肯《うなず》いた。

「君は、あの外国人をドイツ人だと言ったな」

「あの……あのお客さんがそうおっしゃったんです」

「本当か?」

「もちろんです。それが——」

「写真の中に、看板《かんばん》のようなものが写っとってな。後で気が付いた。その文字は英語、だったんだ」

加代子は、

「さようでしたか」

と言うだけだった。「でも私《わたし》は——」

「君はあのとき、あの年寄《としより》をかばった。違《ちが》うか?」

「いえ、そんな——」

「だが、あのときの態度《たいど》は、そう見えた」

「とんでもない！　見も知らない人です」

加代子は真青《まっさお》になっていた。

「正直に話せ。嘘《うそ》をつくと……」

「本当です！　私《わたし》はあのお客さんのことなど知りません」

加代子は必死で弁明《べんめい》した。

しかし、特高《とっこう》の二人は、聞く耳など持たなかった。

「ゆっくり話を聞こうじゃないか」

二人の男が加代子の両腕《りょううで》を取った。

「私《わたし》……本当に何も知りません！」

加代子は車へ押《お》し込《こ》まれた。

仲間たちは、なすすべもなく、その車が走り去るのを見送っていた。

特高《とっこう》に連行されること。それがどういう意味か、誰《だれ》でも知っていた。

みんな無言で、ただ奇跡《きせき》が起るのを待っていた……。

「――私《わたし》たちは、加代子がもう戻《もど》って来ないだろうと思った」

と、のぶ代は言った。「特高《とっこう》に連れて行かれたら、もう二度と生きては帰れなかったからね」

大倉は、芝生《しばふ》で暖《あたたか》い日射《ひざ》しを浴びながら、凍《こお》りつくような寒さに震《ふる》えていた。

こんなことが――こんなことがあるのか？

「でもね――」

と、のぶ代は言った。「三日たって、加代子は帰って来たの。でも、私《わたし》たちは初め、それが加代子だと分らなかった。――殴《なぐ》られて顔が倍にもはれ上っていた。目の回りは黒くあざになって、片方《かたほう》の目はほとんど開かなかった。髪《かみ》が抜《ぬ》けていたのは、髪《かみ》をつかんで引きずられたから。手首の縛《しば》られた縄《なわ》のあとからは血がにじんでいた……」

のぶ代の目に涙《なみだ》が光った。

「みんなが必死で介抱《かいほう》して、加代子は何とか起きられるようになったわ。――でも、顔はまだはれ上っていた。それでも加代子は電車に乗ると言って聞かなかった……」

俺《おれ》のせいで？　俺《おれ》があの子をそんなひどい目に遭《あ》わせたのか？

「そして、八月六日が来たわ」

と、のぶ代は言った。「その日、本当は私《わたし》が朝からの乗務《じょうむ》だった。でも、電車に乗ろうとしてると――」


「のぶ代！」

加代子が走って来る。

「加代子、どうしたの？」

「お願い、代って。私《わたし》に行かせて」

「どうして？　加代子、ゆうべ乗っていたじゃないの」

「母が――今日、こっちへ出て来るの。ゆうべ電話で知らせて来て。止められなかったのよ」

「でも――」

「お願い。この顔を母に見られたくない」

加代子の顔はまだひどい状態《じょうたい》だった。母親は何も知らない。

「でも――お母様がみえたら、何て言えばいいの？」

「非常時《ひじょう》ですもの、急に人手が足りなくなって、とか――。母は信じてくれるわ」

加代子の気持も分った。

「いいわ。でも、無理しちゃだめよ。そうでなくたって、体が弱ってるんだから」

「ありがとう！」

加代子は、のぶ代の手を握《にぎ》った。

それが、のぶ代の聞いた加代子の最後の声になった。

「それが、私《わたし》の聞いた加代子の最後の声だった……」

と、のぶ代は言った。「でも——どうしてあの子のことを、あんたが知っているの?」

大倉はゆっくりと立ち上った。

「母さん。——また来るよ」

「お前……大丈夫《だいじょうぶ》なの?」

「ああ」

大倉は、何とか笑って見せた。「母さんの方が長生きするかもしれないね」

そう言って、大倉は母の肩《かた》に手をかけると、その場から立ち去った。

足どりが、来たときより重く感じられたのは、ずっと芝生《しばふ》に座《すわ》っていたせいだろうか……。

4

夜の町へ、大倉は出て行った。

真夜中、十二時を打ってすぐだ。

――これだ。この暗い町だ。

引《ひ》き寄《よ》せられるように、暗く人通りのない道に立っていると、やがて二つの明りをつけた市電がやって来た。

大倉が手を上げて近寄《ちかよ》ると電車は停《とま》った。

「あら……」

千加代子が大倉を見て、「この間の――」

大倉は、言葉が出なかった。

加代子の顔は赤黒くはれ上り、目の回りのあざも消えていない。両手首には、黒く汚《よご》れた包帯が巻《ま》いてあった。

「こんな時間にお出かけですか」

加代子が、少しも変らぬ明るい口調で言った。「――びっくりしました？　ひどく転んでしまって……」

「すまなかった」

大倉は頭を下げた。「私《わたし》のせいで、ひどい目に遭《あ》って」

「ご存《ぞん》じでしたか」

加代子は電車を走らせながら、「大丈夫《だいじょうぶ》です。お客さんのことは何も言ってませんぬ」

「なぜ言わなかったんだね？　私《わたし》をかばう必要などなかったのに」

「いいえ」

と、加代子は首を振《ふ》って、「話しても話さなくても殴《なぐ》られ、けられるのは同じですよ。それに……」

「――それに？」

「私《わたし》がお客さんのこと、話したとして、もしそれでお客さんが捕《つか》まって殺されたら、私《わたし》、一生辛《つら》いですもの」

「だが……君だって、一歩間違《まちが》えば殺されるところだったじゃないか」

「ええ。いっそ死にたいと思いました。――でも、そんなこと願っちゃいけないんですよね。兄は南方のジャングルで死にました。きっと『生きたい！』って心から思ってたに違《ちが》いないんです」

加代子の声が震《ふる》えた。「そんな兄の気持を考えたら、死にたいなんて思っちゃいけないって……。生きられるだけ生きようと頑張《がんば》らなきゃ」

大倉は、あの写真を思い出した。

大統領《だいとうりょう》との写真の、二人の背後《はいご》に見える〈ランチ〉（牧場）の文字。

あれがこの少女を死にそうな目に遭《あ》わせたのだ。

だが、加代子は大倉を恨《うら》んでいない。

自分の話したことで、人が死んだら、一生辛《つら》い思いをするという……。
大倉は、あの写真と引き換《ひか》えに、アメリカの戦争を支持《しじ》した。
もし支持《しじ》しなかったとしても、アメリカは戦争を始めていただろう。しかし、もし
日本がはっきりと、
「反対する」
と言っていたら——。
爆撃《ばくげき》の規模《きぼ》が少しは縮小《しゅくしょう》されたかもしれない。爆弾《ばくだん》の下、死ななくてもいい命が、
いくつかは助かったかも……。
大倉は、あの写真のために死んだ大勢《おおぜい》の人々のことで、苦しんだりしなかった。
それどころか、写真を見せて自慢《じまん》した。
——何ということだ。
「もう気にしないで下さいね」
と、加代子は言った。「もうすぐ終点ですけど」

「そうか……。大変だね。これで休めるんだろう？」

「本当はそうなんですけど、実は明日母が出て来るんです」

「――明日？」

「ええ。こんな顔、母に見られたくないでしょ？　急な仕事が入ったことにして、朝の乗務《じょうむ》の人と代ってもらうつもり」

大倉はややあって、

「明日は……何日だったかね」

と言った。

「今日が五日ですから。――もう六日ですね。正確《せいかく》には、八月の六日」

「八月六日……」

大倉は首を振《ふ》って、「いけないよ。明日はちゃんと休んでお母さんと――」

言いかけて、ハッと気付いた。

加代子が朝の乗務《じょうむ》を代ってもらわなければ母が死ぬのだ。

「どうしたんですか?」

と、加代子がふしぎそうに大倉を見る。

「いや……何でもない」

俺《おれ》は、この少女を二度も犠牲《ぎせい》にするのか。

「もう終点ですよ」

と、加代子は電車を停《と》めた。「後は車庫に入るだけ。――ここでいいんですか?」

「うん、ここでいい」

大倉は、胸《むね》をふさがれる思いで、「加代子君……」

「え?」

「私《わたし》は君のことを忘《わす》れないよ!」

大倉は加代子の手をつかんで、「ありがとう!」

と、深々と頭を下げた。

「そんな……。大げさですよ」

加代子は照れたように笑った。

大倉が電車を降《お》りると、加代子はちょっと手を振《ふ》って見せた。

電車が闇《やみ》の中へと消えて行く。

大倉は振《ふ》り返《かえ》った。

明るい今の町が、そこにあった。

俺《おれ》は考えたこともなかった。

この明るい町の下には、加代子の骨《ほね》が、灰《はい》が眠《ねむ》っているのだ。

その灰《はい》は訴《うった》えている。

「もう二度と、私《わたし》たちのような死者を出さないで」

と。

俺《おれ》はそんな声を聞こうともしなかった。

社会の繁栄《はんえい》のためには、少しぐらいの人間の死など、大したことではないと思っていた。

兵器を作れば、企業《きぎょう》が儲《もう》かる。その兵器で死ぬ人間のことなど考えてはいられない。

だが――あのたった一人の少女の死が、母を救い、大倉自身をこの世に生み出したのだ。

あの少女が、拷問《ごうもん》に耐《た》えて大倉を守ったことを、忘《わす》れろと言うのか。

あの少女の誇《ほこ》りに、自分の「元総理《そうり》」というプライドは比《くら》べられるか。

――俺《おれ》の歩いて来た道は何だったのだ。

大倉は、夜の町へと歩き出した。

靴《くつ》の下で、砕《くだ》けた骨《ほね》が、燃《も》え尽《つ》きた灰《はい》が、乾《かわ》いた音をたてているようだった……。

日の丸あげて

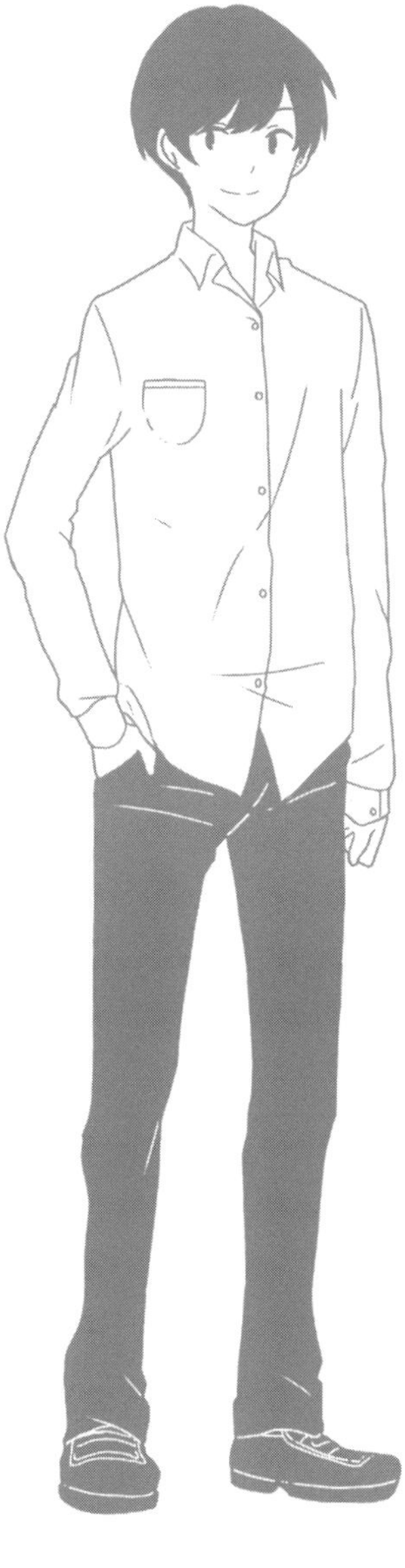

1

父は、灰色《はいいろ》のアスファルトの道に倒《たお》れて死んでいた。

和子《かずこ》は、それが父に違《ちが》いないということを自分から確《たし》かめたわけではない。父をよく知っている人たちから、「お父さんが死んだ」と聞かされて、駆《か》けつけて来たのだ。

でも、布《ぬの》の下からはみ出しているズボンも、いつも同じのばかりはいていた靴《くつ》も、見憶《みおぼ》えのあるものだった。

父の死体を覆《おお》った布《ぬの》をめくって、死顔を確《たし》かめることは、したくなかった。

それはただの布《ぬの》ではなく、日の丸だったからである。

「――お父さん」

と、和子は呟《つぶや》いた。「これで……」

2

「お父さん？」

残暑の中、バス停からの十分は結構《けっこう》辛《つら》い。

薫《かおる》を生んでから、和子は前より十キロ近く太り、一向に元に戻《もど》らなかった。

バス停から、この団地《だんち》まで、ゆるくはあるが上り坂が続くので、今は汗《あせ》びっしょりになっていた。

父の住む棟《むね》までやって来ると、父、尾田徹治《おだてつじ》が表に出て、双眼鏡《そうがんきょう》を手に何やら眺《なが》めている。

「――お父さん、何してるの？」

もう一度声をかけると、尾田は手もとに広げたノートのようなものに何か印をつけて、

「和子か。——一人か、今日は」

と、初めて娘《むすめ》の方を見た。

「薫はあちらのお義母《かあ》様の所へ預《あず》けて来たわ」

と、和子は手にしたハンカチで額《ひたい》の汗《あせ》を拭《ぬぐ》った。「何を見てるの？」

尾田が双眼鏡《そうがんきょう》を向けているのは、どう見ても八階建ての棟《むね》のベランダ側。見えるものといえば、洗濯物《せんたくもの》と衛星《えいせい》放送用の円型のアンテナくらいのものだ。

「ベランダさ」

と、尾田は言って、眉《まゆ》をひそめ、首を振《ふ》った。「全く、お話にならん！」

「どうしたのよ」

停年で警察《けいさつ》を辞《や》めてから、尾田は以前にも輪をかけて頑固《がんこ》に怒《おこ》りっぽくなっていた。年齢《ねんれい》のせいとしても、和子はご近所とトラブルを起こさないか、気にしていた。

「日の丸だ」

「日の丸？」

「今日は国民の祝日、旗日《はたび》だぞ。それなのに日の丸を出している家が五戸しかない」

それを聞いて、和子は思わず笑ってしまった。

「何かと思えば……。そんなこと、どうだっていいじゃないの」

「良くない！　日本人なら、国旗を出すのが当り前だ」

本気で腹《はら》を立てている。こういうときの父に何を言ってもむだだということを、和子はよく知っていた。

「団地《だんち》ですもの。旗を立てる所もないし、それに、大体普通《ふつう》のお宅《たく》じゃ日の丸なんて持ってないわよ。――それより、中へ入りましょう。暑くてたまらない」

和子が腕《うで》を取って引張《ひっぱ》ると、尾田も渋々《しぶしぶ》歩き出した。

「――エレベーター、使わないの？」

「当り前だ。人間は歩くために足というものを持ってる。三階くらいで、エレベーターを使ってどうする！」

「私《わたし》は使うわ」

和子はエレベーターのボタンを押《お》して、「お父さんはどうぞ、階段《かいだん》で」

本当は父も神経痛《しんけいつう》で階段《かいだん》が辛《つら》いのだということは分っている。

どうするか、と見ていると、一旦階段《いったんかいだん》の方へ行きかけてから、

「――ま、お前が乗るのなら、同じことか」

と、ひとり言（にしては大きな声で）を言いながらやって来る。

「このエレベーター、相変らずのんびりね」

なぜだか、こういう公団《こうだん》や都営《とえい》アパートのエレベーターはゆっくりしか動かない。

――和子も、七年前に結婚《けっこん》してマンション住いを始めるまで、この団地《だんち》に住んでいた。

民間のマンションに越《こ》して、最初にびっくりしたのは、「エレベーターの速いこと！」であった。

「坊主《ぼうず》は元気か」

と、尾田が言った。

「ええ。小学校にも慣《な》れて、今はいやがらずに通ってるわ」

「なら良かった。男の子だ。少々のことでいじけてちゃ話にならん」

尾田は孫の薫のことを、決して名で呼《よ》ばず、「坊主《ぼうず》」と呼《よ》ぶ。「薫」という名が女の子のようで、気に入らないのである。

和子の夫の久野修一《ひさのしゅういち》がつけた名だが、もともと、

「男でも女でもいいように」

と、考えたのが「薫」だ。

尾田の気に入るわけがない。尾田は「初孫の名は自分でつける」と決めてかかっていて、男の子なら「英雄《ひでお》」、女の子なら「直子《なおこ》」と考えていた。

それが、相談もされずに、「薫」と決ってしまったので、すっかり腹《はら》を立てている。

——以来、六年間、そのときのこじれが今でも尾《お》をひいて、娘《むすめ》に会っても、

「亭主《ていしゅ》は元気か」

とは絶対《ぜったい》に訊《き》かない。

「やっと来たわ」

エレベーターが降《お》りて来て、扉《とびら》が開くと、小さな女の子の手を引いた父親と、ショッピングカーを引いた奥《おく》さん。

「あ、亜美《あみ》ちゃん」

と、和子は懐《なつか》しげに言った。

「あら、久《ひさ》しぶり」

六階に住む、江口《えぐち》一家である。

「あなた、憶《おぼ》えてる？　和子さん」

「当り前さ。――どうも」

江口聡《さとし》は光学メーカーに勤《つと》めている技術者《ぎじゅつしゃ》だ。和子は独身《どくしん》時代、よく江口の妻《つま》の静香《しずか》と買物や映画《えいが》などに出歩いたものである。

父の目もうるさくて、いつも地味な服装《ふくそう》の和子と比《くら》べ、静香は若々《わかわか》しい。年齢《ねんれい》は和子より二つ上だが、髪《かみ》を軽くオレンジに染《そ》めて華《はな》やかだった。

ずっと仕事をしていた静香の方が、子供《こども》は遅《おそ》くて、亜美は今三つ。

「薫ちゃんも、もう小学校よね」

「この春から通ってるわ」

「亜美は幼稚園《ようちえん》の準備保育《じゅんびほいく》に通わせてるの」

立ち話が長くなってもいけないので、

「それじゃ」

と、和子はエレベーターに乗ろうとした。

すると、

「江口さん」

と、尾田が呼《よ》び止《と》めたのである。

「何でしょう?」

「お宅《たく》は、国旗が出とらんね」

「お父さん――」

「今日が何の日か知ってるだろ?」

「敬老《けいろう》の日ですよね、確《たし》か」

と、江口は言った。

「国民の祝日だよ。ちゃんと日の丸を出しなさい」

「お父さん、やめて！」

和子は、父の手を引張《ひっぱ》って、エレベーターに乗せると、急いで扉《とびら》を閉《と》じるボタンを押《お》した。

「何だ。その顔は」

「自分はいくつでも日の丸をあげりゃいいじゃないの。他の人に押《お》し付《つ》けないで」

和子は、苛立《いらだ》って、「どうして動かないの、このエレベーター！」

〈3〉のボタンを押《お》し忘《わす》れていたのだ。動くわけがない。

和子は、八つ当りするように、〈3〉のボタンを叩《たた》くように押《お》した。

玄関《げんかん》で、ゴミ袋《ぶくろ》の口を固く縛《しば》ると、

「――じゃ、行くわ」

と、和子は言った。「卵《たまご》は、あんまり置いとけないから、なくなったら自分で買ってね」

「ああ」

尾田は、あぐらをかいてTVを見ていた。

「それじゃ」

ゴミを廊下《ろうか》へ出し、それから自分のバッグを肩《かた》にかけて、チラッと振《ふ》り返《かえ》ったが、父は顔も向けない。

いつもなら、

「ご苦労さん」

ぐらい言ってくれるのだが、今日はすっかりへそを曲げている。

構《かま》わず部屋を出て、ドアの鍵《かぎ》をかけた。

――九月十五日。さすがに夕方になると少し涼《すず》しくなるが、昼間は残暑が厳《きび》しい。

生ゴミはまめに捨《す》てないと、すぐ匂《にお》ってくる。といって、「それぐらいやってよ」と言えば、父はまた怒《おこ》るだろう。

ゴミの大きなビニール袋《ぶくろ》をさげて、和子はエレベーターで一階へ下りた。

ゴミ置き場へ寄《よ》って、袋《ふくろ》を置いてから、水道で手を洗《あら》う。

そして外へ出たところで、買物から戻《もど》った江口親子とまたバッタリ会ってしまった。

「あ……」

「さっきは――」

と、和子は後をのみ込《こ》んで、ただ頭を下げた。

「今まで？　大変ね」

と、静香が言った。「もう帰るんでしょ？　じゃ、うちでコーヒーでも一杯《いっぱい》？　ね？」

江口の家では、夫がおいしいコーヒーをいれてくれるのだ。久《ひさ》しぶりで、その香《かお》りを思い出して、和子は誘惑《ゆうわく》に抗《こう》し切れなかった……。

「こんなおいしいコーヒー、久《ひさ》しぶり」

と、和子はため息をついた。

「まあ、主人が喜ぶわ」

静香がクッキーを出してくれる。

「すぐに失礼するから……」

と言いながら、クッキーをつまむ。

「でも、あなたも毎週大変ね」

と、静香がソファにかけて、「お父様一人でどうにかできないの？」

「ともかく、手を伸《の》ばせば届《とど》く物でも母に取らせた人だから。――でも、同居《どうきょ》することを考えたら、この方がずっと楽。うちの人とうまくいくわけがないもの」

一人っ子の和子は、高校生のとき、母が亡《な》くなってから、ずっと家事をこなして来た。

父も刑事《けいじ》という仕事柄《しごとがら》、毎日家で夕食をとるという暮《くら》しではなく、その点は楽だったのだ。

ただ、娘《むすめ》と二人になってから、尾田はいっそう頑固《がんこ》に気難《きむずか》しくなり、ほとんど会話らしいものもなくなっていた。

久野との結婚《けっこん》に、尾田は反対はしなかったが、ただ一言、

「家のことは誰《だれ》がやるんだ？」

と言った。

それさえちゃんとやれば、結婚《けっこん》させてくれる。——和子は、必ず週一回、この団地《だんち》へ通って、掃除《そうじ》、洗濯《せんたく》から食事の支度《したく》まで、すべてやる、と約束した。

その約束は、風邪《かぜ》で熱があっても守った。

薫を生む直前も、産後も退院《たいいん》して翌日《よくじつ》からここへ来たので、休んだのは一回だけだ。

尾田が停年で辞《や》め、家に毎日いるようになって、食事の支度《したく》がふえたが、今は出来合いのおかずなども使って、四、五日分を作り、冷凍《れいとう》しておくようにしている。

「——電子レンジの使い方だけは憶《おぼ》えてもらったわ」

と、和子は笑った。

「でも、ずっと続ける気？　大変ね」

「父が寝込《ねこ》むか、主人の転職《てんしょく》でもあればともかく……。何とか、これさえやっとけばすむから」

父と夫が毎日喧嘩《けんか》しているのを想像《そうぞう》したら、それだけで胃が痛《いた》くなる。――特に、子供《こども》の育て方では、ぶつかることは間違《まちが》いなかった。

「――ごめんなさい、さっきは」

と、和子は、江口に詫《わ》びた。「暇《ひま》なものだから、人にあんなことを……」

「いや、いいんですよ」

と、江口は微笑《ほほえ》んで、「以前にね、一度会社帰りに駅前でバッタリお会いして、一緒《いっしょ》に飲んだことがあるんです。そのとき、『もっと日本人は国旗や国歌を大事にしなきゃいかん！』と説教されましてね。僕《ぼく》はただおとなしく、はいはい、って聞いてたから、賛成《さんせい》だと思われたのかもしれない」

「そんなことが？　知らなかったわ。すみません」

「年寄《としよ》りは似《に》たようなもので――。誰《だれ》かな」

チャイムが鳴って、江口が立って行った。

静香が、

「薫ちゃん、小学校じゃどう？」

と言ったが、玄関《げんかん》から、

「尾田さん」

「やあ。――これをね、持って来てやったよ」

父の声だ！　和子は腰《こし》を浮《う》かした。

静香が手ぶりで抑《おさ》える。

「何ですか？」

「少し古くてくすんでるが、うちは新しいのを出してるからね。これをベランダに出してくれ」

和子は言葉がなかった。何のことを言っているか分ったからだ。

「――尾田さん、これは持って帰って下さい」

と、江口が言った。

「遠慮《えんりょ》しなくていいんだ。何なら俺《おれ》がやってやろう。あれはこいつがあるんだ。風で飛ばないように――」

「そうじゃありません。僕《ぼく》は日の丸を出す気がないんです」

江口がきっぱりと言った。「はっきり言って、出すことに反対なんです。残念ですが」

「あんた……何を言ってるか分っとるのか？　今じゃ、ちゃんと法律《ほうりつ》でこれが国旗と決ったんだよ」

「分ってます。でも、これを出さなきゃいけないってわけじゃない。僕《ぼく》は出しません。お持ち帰り下さい」

「あんたは、それでも日本人なのか！　そういうことで、子供《こども》を一人前の男に育てられると思ってるのか！」

声が高くなって、和子はじっとしていられなかった。

玄関《げんかん》へ飛び出すと、

「お父さん！　失礼でしょ！」

と、叫《さけ》ぶように言った。

尾田は布《ぬの》にくるんだポールと旗を抱《かか》えて立っていたが、

「お前……何してる」

「ともかく、もうやめて、そんなこと！」

「そうか……。うちへ来た帰りにここへ寄《よ》って、俺《おれ》の悪口を並《なら》べてたのか」

「馬鹿《ばか》言わないで！」

「親不孝《おやふこう》をたきつけてるのかね、あんたの所は」

尾田は江口に向ってそう言うと、「邪魔《じゃま》したね」

と、出て行く。

「尾田さん」

と、江口が言った。「うちは女の子です」

尾田がドアを叩《たた》きつけるように閉《し》めた。

——和子はその場に座《すわ》り込《こ》んでしまった。

3

主婦《しゅふ》にとって、「買物に出る」というのは三つの意味がある。

一つはもちろん「必要なものを買うこと」。そして「自分と子供《こども》の運動」。もう一つは「立ち話」。

特に、秋めいて過《す》ごしやすくなって来たころ、晴れた日に、外でふと出会った奥《おく》さん同士、話は何時間でも続けようと思えば易《やさ》しい。

初め二人だった（子供《こども》は除《のぞ》いて）ところへ、また知り合いが加わり、五人、六人のちょっとした「会議」の様相を呈《てい》することも珍《めずら》しくない。

むだ話も少なくないが、これはこれで貴重な情報交換《きちょうじょうほうこうかん》の場でもあるのだ。

「あそこの先生は親切よ。子供《こども》が泣いてもいやがらないし」

といった、医者のランクづけが行われるのもこういう場だ。

「その代り、夜は自分の子に八つ当りしてるって」

と一人が言って、大笑いになる。

「——失礼します」

こんな会話に、男が加わることはない。

ツイードの上着に、やや安物っぽいネクタイをしめた、三十五、六の男で、

「お話中申しわけないんですが、ちょっと伺《うかが》いたいことが……」

と、上着の内ポケットから警察《けいさつ》手帳を取り出して見せ、「このご近所にお住いですか、皆《みな》さん」

「はあ……」

「あそこの棟《むね》に――」

と、少し先の棟《むね》へチラッと目をやって、「江口さんという人がいますね、江口聡さん。ご存知《ぞんじ》ですか？」

奥《おく》さんたちが顔を見合せる。

「江口さんって……」

「亜美ちゃんとこのパパじゃない？」

「あ、そうね、あそこだったわね」

「――じゃ、ご存知《ぞんじ》ですね」

刑事《けいじ》が念を押《お》す。

「知ってますけど……江口さんが何か？」

と、一応《いちおう》年長の奥《おく》さんが、いつでも引けるように身構《みがま》えながら訊《き》く。

「どんな方ですかね、江口さんという方？」

「どんなって……。確《たし》かカメラのメーカーにお勤《つと》めよね。見るからにエリートって感じの。でも、少しもいばってらっしゃらないわ。——ねえ？」

「いや、まあそういうことももちろん大切なんですが——。たとえば、大変子供《こども》好きだ、とか……。ご自分のお子さんは可愛《かわい》がってますか」

「ええ、もちろん。お休みの日なんか、よく一緒《いっしょ》に遊んでらっしゃるわ」

「刑事《けいじ》さん、江口さんがどうしたんですか？」

と、一人がたまりかねたように訊《き》く。

「いや、大したことじゃないんです」

刑事《けいじ》はメモを取った。「他の子供《こども》には？　つまり、よその子にも優《やさ》しいですか」

「——そうねえ、まあ、普通《ふつう》……じゃないかしら」

一人、それまで話を黙《だま》って聞いていた奥《おく》さんが、少し唐突《とうとつ》に、

「あの奥《おく》さん、嫌《きら》いだわ、私《わたし》」

と言った。

「ほう。どんな人です？」

「一流大学出てて、そりゃ頭はいいんだろうけど……。それを鼻にかけてるんです」

「なるほど」

あまり賛同《さんどう》の声はなく、却《かえ》って気まずい空気になっていた。

「刑事《けいじ》さん……」

「どうもお邪魔《じゃま》しまして」

と、刑事《けいじ》の方も急にメモ帳をしまうと、

「このところ、小さい子供《こども》へのいたずらが方々で起ってましてね。こっちも必死で捜《さが》していますが、皆《みな》さんも、お子さんたちを一人で遊ばせないようにして下さい。必ず誰《だれ》か大人がそばについているように。――いや、これはもちろん一般的《いっぱんてき》なことで、この団地《だんち》がどうってことじゃありません。ありがとうございました……」

その刑事《けいじ》が立ち去るのを見送って、

「何なの、今の?」

と、目を見交《みか》わす。

ただ一人、今、江口の妻《つま》の悪口を言っていた三橋千枝《みはしちえ》は、

「私《わたし》、ちょっと用事を思い出して……」

と、立ち話の輪から外れたが、ほとんど誰《だれ》も気付かなかった。

三橋千枝は、実際《じっさい》大して注目される人間ではなかったのである……。


喫茶店《きっさてん》へ入って来る後輩《こうはい》の姿《すがた》を見付けると、尾田は席から立って手を上げて見せた。

「――どうも」

と、内山刑事《うちやまけいじ》は席について会釈《えしゃく》して、「先輩《せんぱい》、お元気そうで」

「いや、ちっとも元気じゃない。何しろ、もう年齢《とし》だよ」

と、尾田が言うと、内山は笑って、

「そういうセリフは、尾田さんに似合《にあ》いませんよ」

と言った。「――ところで、ちゃんと自分の役割《やくわり》は果しましたよ」

「すまん！　どうしてもお前の力が借りたくてな」

「それは一向に構《かま》わないんですが——。この江口って何者です?」

「別に指名手配中の犯人《はんにん》じゃない。ごく普通《ふつう》の——いや、普通《ふつう》よりずっと頭のいい、同じ棟《むね》の住人さ」

「——ああ、コーヒーを」

と、オーダーして、「今ごろどんな話になってるか、見当もつきませんが……」

「いいんだ。種さえまけば、後は勝手に育っていくだけさ」

と、尾田は言った。「しかし、何か具体的な事件《じけん》に係ってる、とは言わなかっただろうな」

「もちろんです。江口某《なにがし》に何か疑《うたが》いがかかっていることなど、一切《いっさい》口にはしていませんし
「それでいいんだ。——ありがとう。わざわざ来てもらって大変だったね」

尾田は、自分のさめたコーヒーを一口飲んで、「ところで、みんな変りないか」

「下《した》っ端《ぱ》は大して変りありませんよ。ただ、署長《しょちょう》がこの間替《かわ》ったでしょう。新しい署《しょ》

長《ちょう》がえらく若《わか》くて、口を開けば、『効率《こうりつ》のいい捜査《そうさ》』と言い出して、現場《げんば》は往生《おうじょう》してます」

「そうか」

「まるで分ってないんですから。コンピューターの前に座《すわ》ってりゃ、犯人《はんにん》が分るとでも思ってるみたいで」

もう辞《や》めてしまった人間には、職場《しょくば》のグチをこぼしやすい。この内山も例外ではなかった。たちまち三十分近く過《す》ぎて、

「――おっと、こんな時間か。じゃ、先輩《せんぱい》」

「ああ、ありがとう。またその内、一度飲もう」

「はあ、ぜひ」

「ここはいいよ。とんでもない」

と、財布《さいふ》を出しかけた内山を止める。

一人残ると、尾田もここにいる理由もない。伝票を手に立ち上ろうとすると、不意

に女が一人、向いの椅子《いす》に腰《こし》をおろした。

「――もう少しお付合いして下さい」

と、その女は言った。「私《わたし》、今のお二人の話、聞いてたんです。特に、江口さんのことを」

尾田は、どこかで見たことのある、その女のことを何とか思い出そうとしたが、

「――あんたは誰《だれ》だね」

「お会いすれば、ご挨拶《あいさつ》ぐらいしてるのに。お隣《となり》の棟《むね》の三橋です。いつか、ゴミのことでご相談を――」

「ああ、そうだった」

そこまで言われて、やっと思い出した。もともと、警官《けいかん》として、人の顔を忘《わす》れないことでは自信があったのだが、停年退職《たいしょく》して一番早く衰《おとろ》えたのはその能力《のうりょく》らしい。

「私《わたし》、今の刑事《けいじ》さんが話しかけて来たとき、グループの中にいたんです」

と、三橋千枝は言った。「あんまりふしぎなんで、刑事《けいじ》さんを尾行《びこう》して来ちゃった。

変ですね。刑事《けいじ》さんを尾行《びこう》するのって」

聞いていて、尾田はつい笑ってしまった。

「面白《おもしろ》い人だね、君は。いくつだい？」

「三十一です」

「三十一……。そうか、うちの娘《むすめ》と同い年だね」

「立派《りっぱ》なお嬢《じょう》さんですよね！　私《わたし》なんか、主人の世話するのもいやなくらいなのに。お宅《たく》は――」

と言いかけて、口ごもる。「あの……別に私《わたし》――」

「分ってる。亭主《ていしゅ》だけでなく、この頑固親父《がんこおやじ》の面倒《めんどう》までみている。――そう言いたかったんだろう？」

「いえ、でも……まあ、大体そんなところです」

「事実だ。仕方ないよ」

と、尾田は肯《うなず》いて、「君は、旦那《だんな》が単身赴任《ふにん》してたんじゃないか？」

「そうです。子供《こども》もないのについて行かないっていうんで、ずいぶん悪口も言われました……」

「それはともかく、どうしてあの刑事《けいじ》の後を尾《つ》けたりしたんだ?」

「だって、あの刑事《けいじ》さんの話だと、江口さんのご主人が変質者《へんしつしゃ》だというみたいで……」

「そう聞こえたかね」

「ええ。でも、今のお二人の話を聞いて、わけが分らなくなって来ました」

「それでいいんだ」

「——どうして?」

「その前に聞いておこう。君は江口のことに関心があったんだね。どうしてだ?」

三橋千枝は、少しためらってから、思い切って言った。

「私《わたし》、大嫌《だいきら》いなんです、江口さんって」

「嫌《きら》い?」

「ご主人の方はそうでもないけど、奥《おく》さんのことが特にいやなんです」

尾田は、三橋千枝の表情《ひょうじょう》をじっと眺《なが》めていたが、

「分った。何かよほどいやなことがあったようだね」

と言った。

千枝は黙《だま》ったままだ。

「——こっちは江口の亭主《ていしゅ》の方に、ひどく腹《はら》の立つ目にあわされてね。放っちゃおけなかったんだ。それに、結果的には国のためになることなんだ」

突然《とつぜん》、「国のため」などという言葉が出て来て、千枝は面食らったが、

「それなら、江口さん、もう誰《だれ》とも口をきいちゃもらえなくなりますよ。特に、子供《こども》さんのいるお宅《たく》なんか、一緒《いっしょ》に子供《こども》を遊ばせないだろうし……」

「そうか。——しかし、同情《どうじょう》はしない。自業自得《じごうじとく》というやつだ」

「私《わたし》も同情《どうじょう》しません」

千枝の言葉に、尾田は笑った。

「どうだね。うちへ来て話さないか。ことによっちゃ、もっと面白《おもしろ》くなるかもしれない」

「はい！」

三橋千枝の目は、珍《めずら》しく輝《かがや》いていた。――他人の不幸ほど、世の中に面白《おもしろ》いものはない、と思っている、そういう人間の一人だったからである。

4

かなりくたびれていた和子は、玄関《げんかん》のチャイムが鳴っても、目をさまさなかった。

「おい、お客さんだ。――おい」

夫の久野修一に揺《ゆ》さぶられて、初めて目を覚ました。

「お客って……今、何時？」

「一時過《す》ぎだ」

「こんな時間に――」

「江口さんという人だ。あの団地《だんち》の人じゃないか？」

「江口さんが？――起きるわ。あなた、寝《ね》てて」

和子は急いで起き出した。

ガウンを着て、クシャクシャの髪《かみ》を多少整えて居間《いま》へ行くと、

「ごめんなさい。こんな夜中に」

江口静香が立ち上って詫《わ》びた。

「いえ、いいの。――でも、何か……」

明るい光の下で見ると、静香は突然《とつぜん》十歳《さい》も老《ふ》けたように見えた。ただごとではない。

「和子さん。主人がどこにいるか、知らない？」

そう訊《き》かれて、和子は面食らった。

「ご主人が……」

「知ってれば、教えてくれるわよね。ごめんなさい」

急に緊張《きんちょう》の糸が切れたように、静香が泣き出したので、和子はびっくりした。

しかし、それは一瞬《いっしゅん》のことで、静香はすぐに涙《なみだ》を抑《おさ》え、

「ゆうべから帰ってないの。心配で会社にも電話したんだけど……」

「何て言われた？」

「辞《や》めた人間の行先まで分らない、って」

「会社、辞《や》められたの？」

「知らなかったのよ、私《わたし》。――このところ、色々あって、辞《や》めるしかない、とは私《わたし》も分ってたんだけど……」

「でも――あんなに優秀《ゆうしゅう》な技術者《ぎじゅつしゃ》で、よく働いてらしたじゃない。何があったの？」

夫がお茶をいれて持って来た。

「まあ、すみません」

「いいんですよ。和子からよくお噂《うわさ》は」

「噂《うわさ》……。噂《うわさ》だったんです、始めは」

と、静香の額《ひたい》が曇《くも》った。「いえ、その前から……ご近所の人たちの視線《しせん》が妙《みょう》に引っかかって。何とも言えない、人を憐《あわ》れむような目で見るの。主人も首をかしげていて、でも全然心当りがないの。その内——亜美の通ってた幼稚園《ようちえん》から、もう来させないでくれって言って来たの。何の説明もなしに」

「ひどい話ね」

「もちろん、おとなしく引《ひ》っ込《こ》んでるわけにいかないわ。私《わたし》、幼稚園《ようちえん》へ押《お》しかけて、『留守《るす》だ』という事務《じむ》の男性《だんせい》を突《つ》き飛《と》ばして園長室へ入った。もちろん、園長は在室《ざいしつ》していて、私《わたし》がわけを聞かせてくれ、と要求すると、渋々《しぶしぶ》口を開いた。——話を聞いて、耳を疑《うたが》ったわ」

静香は首を振《ふ》って、「主人が——小さい子供《こども》にいたずらをするって……」

「ええ？」

「あの近辺で起ってる、子供《こども》相手の変質者《へんしつしゃ》のいたずらが、主人のしたことだと……」

「どうしてそんな——」

「噂《うわさ》なの。ともかく団地《だんち》中で噂《うわさ》になっていて、その幼稚園《ようちえん》へ子供《こども》を通わせている母親が何人も、『あそこの子が通って来るのなら、うちの子はよそへ移《うつ》します』と言って来ているんですって。それで幼稚園《ようちえん》としては――というわけ」

「そんな馬鹿《ばか》げた話……」

「もし本当に主人が犯人《はんにん》なら、とっくに捕《つか》まってるだろうし、そんな根拠《こんきょ》もはっきりしない噂《うわさ》のせいで、子供《こども》に幼稚園《ようちえん》をやめろなんて言えない、って抗議《こうぎ》したけど、園長はともかく逃《に》げるばっかり……」

静香は、思い出すだけでも腹《はら》が立つ様子だった。「娘《むすめ》も遊び相手がいなくなるし、却《かえ》って可哀《かわい》そうだ、と言われて。――ともかく、正面切って大ゲンカしても仕方ないので、一旦《いったん》帰ったの。その夜、主人に……」

「知ってるよ」

と、江口は言った。

静香は愕然《がくぜん》として、

「あなた、どうして……」

「その内、噂《うわさ》が立ち消えになるかと思って、君に言わなかったが……。十日くらい前かな、帰って来たとき、この下の道でボールが足下《あしもと》へ転って来た。拾って、『はい』と駆《か》けて来た女の子へ渡《わた》してやると、その母親が血相変えて飛んで来て、『その人と口をきいちゃだめ！』と叫《さけ》んで、子供《こども》の手を引《ひ》っ張《ぱ》って行ったんだ。――それで初めて噂《うわさ》のことを知ったんだよ」

「でも……どういうことなの？」

静香の声が、さすがに震《ふる》えた。

「分らないよ。――一体、どうしてそんな話が広まったのか」

――夜の寝室《しんしつ》だった。

話さなければ、と思いつつ、静香はどう切り出したものか、考えあぐねて、結局、明りを消した寝室《しんしつ》で、やっと口を開く勇気が持てたのだ。

「僕《ぼく》は広田《ひろた》さんから聞いたんだ。あのご主人は心配してくれてたらしくて、こっちが切り出す前に話してくれた」

「どうしてそんな噂《うわさ》が広まったのか、広田さんは知らなかったの？」

「うん。奥《おく》さんから聞いて、滅多《めった》なことを言うもんじゃない、と叱《しか》ったと言ってたが。噂《うわさ》の出所がどこなのか、知らないってことだった」

「それにしたって、ひど過《す》ぎるわ！」

「幼稚園《ようちえん》にまで話が行ったのか……。放っちゃおけないな」

「でも、どうするの？」

「さあ……。警察《けいさつ》だって、こんなこと、取り上げてくれないだろうな。ともかく――弁護士《べんごし》にでも相談してみるか」

「だけど――亜美のこと、どうするの？　幼稚園《ようちえん》があくまでやめてくれと言ったら……」

「大人同士の争いで、亜美がいじめられでもしたら大変だ。――はっきりするまで、休ませたらどうだ？」

気は進まないが、静香も夫の言葉に肯《うなず》くしかなかった。

「でも、亜美にどう話す？――おばあちゃんの所へでも少し行ってみようかしら」

「ああ、それがいい。――ここにいれば、亜美も何か言われないとも限《かぎ》らない」

「そうね……」

静香の母が、千葉の方に住んでいる。そこへ何日か泊《とま》って、必要なら預《あず》けておくこともできる。

「だけど……信じられないわ」

と、静香は暗い天井《てんじょう》を見上げながら、「私《わたし》たちのこと、そんなに悪意を持って見ている人がいるなんて！」

「やり切れないな」

その声に、静香は夫らしくない「諦《あきら》め」の印象を受けたのだが、ただ疲《つか》れているだけなのかと思って、その夜は眠《ねむ》った。

しかし、おそらくその夜、江口は一睡《いっすい》もしなかっただろう……。

「ごめんなさい」

ふっと気付いた様子で、江口静香は言った。「明日、運動会でしょ、薫ちゃん」

「ええ……」

正確《せいかく》には今日だ。――十月十日。体育の日である。

「早く起きなきゃいけないんでしょ。――すみません、こんな時間に」

と、静香が久野修一へと謝《あやま》る。

「そんなこと！」

と、和子は強い口調で言った。「一晩《ひとばん》くらい寝《ね》なくても平気。――私《わたし》、どうせ役員なんで、明日が終るまでは緊張《きんちょう》してるの。話して。ご主人はどうして……」

静香は、深くため息をつくと、少し間を空けた。とてもすぐには続けられないようだった。

「――私《わたし》が初めて主人とその話をした日、主人は会社から異動《いどう》の辞令を受けていたの」

「異動《いどう》？」

「ええ、それが……。技術畑《ぎじゅつばたけ》で、責任《せきにん》のある地位にいたのに、突然在庫《とつぜんざいこ》管理の事務《じむ》の仕事へ行くように言われたっていうの」

「それって……」

「辞《や》めろということでしょう。――主人も初めはただのリストラだと思って、迷《まよ》っていたらしいの。でも、そうじゃなかったのよ。あの噂《うわさ》が、会社の上司の耳に入っていたってことが分ったの」

「それが理由？　ただの噂《うわさ》が？」

「――母の所から電話して、何日めかにやっと主人はそのことを話してくれたの。私《わたし》、急いで亜美を母に預《あず》けて家に戻《もど》ったわ。何としても、その噂《うわさ》の出所を確《たし》かめようと思ったの」

和子にも、静香の気持はよく分った。

「それで何か分ったの？」

「――主人は、自分で上司に話をして、何とか誤解《ごかい》だと分ってもらう、と言って出社して行ったわ。私《わたし》は団地《だんち》の奥《おく》さんたちを片《かた》っ端《ぱし》から訪《たず》ねて、誰《だれ》からその話を聞いたか、問《と》い詰《つ》めて行ったの」

と、静香は言った。「その内、何人かの話で、初めは刑事《けいじ》さんが主人のことを訊《き》きに来たんだって分ったの」

「刑事《けいじ》?――警官《けいかん》が?」

「ええ。もちろん、どこの何という人かは分らないけれど、その刑事《けいじ》さんが、主人と近所での子供《こども》へのいたずら事件《じけん》と係りがあるようなことを言ったらしいの。それがきっかけで、団地《だんち》中に広まったのね」

和子は恐《おそ》ろしくなって、その先を促《うなが》すことができなかった。

「――それが分かっても、事態《じたい》は良くならない。結局、ゆうべ主人は帰らず、今日会社へ電話して、初めて主人が辞《や》めたと知ったわ」

静香は怒《いか》りで顎《あご》が細かく震《ふる》えている。「私《わたし》、主人の会社へ出かけて行った。そして、主人の上司に会って、誰《だれ》からその噂《うわさ》を聞いたのか訊《き》き出したの」

静香は手にしたハンカチをクシャクシャにして、

「――女だってことだったわ」

「女？」

「名前は分らないけど、あの団地《だんち》の住人で、主人が変質者《へんしつしゃ》だと一人でしゃべりまくって行ったと……」

「――それだけのことで？」

「警察《けいさつ》が疑《うたが》ってるという話で、会社の方でも、何とかしようってことになったと言っていたわ。でも、きっと本音は主人くらいの年代の社員をリストラしたがっていたところへその話が舞《ま》い込《こ》んで、飛びついたんでしょうね。そうでもなければ、名前も告げない女の言うことなんか、信用するわけがないわ」

「その女って誰《だれ》なのかしら」

「分らないわ」

と、静香は首を振《ふ》って、「見当もつかない。ただ……」

と言《い》い淀《よど》んだ。

「――ただ?」

「主人の上司の話だと、その女が、話の最後にね、こう付け加えたんですって。『何しろ、祝日なのに、日の丸もあげないような人なんですから』って……」

5

晴《は》れ渡《わた》った空に、開会を告げる花火が鳴った。

ドン、ドン。――鼓膜《こまく》を震《ふる》わせる響《ひび》きに、折りたたみ椅子《いす》を必死で並《なら》べていた和子は一瞬《いっしゅん》手を止めて空を仰《あお》いだ。

青空を黒い煙《けむり》が風に流されていく。

「――父母の皆様《みなさま》は、白いロープの外側の席へお着き下さい」

と、アナウンスの声が運動場に響《ひび》いた。

朝六時過《す》ぎに出て来て準備《じゅんび》を担当《たんとう》していた和子は、流れ落ちる汗《あせ》を拭《ぬぐ》う暇《ひま》もなかった。

「久野さん！」

と呼《よ》ばれて、

「はい！」

と、急いで駆《か》けて行く。

不慣《ふな》れなトレーナー姿《すがた》で、却《かえ》って動きにくいが、仕方ない。

「椅子《いす》はもういいわ。あなた悪いけど、テープのボタンを押《お》して」

「テープですか」

意味がよく分らない。

「本部へ行けば分るわ。理事の方の接待《せったい》に、思ったより人手を取られたの」

「はい。本部へ行けばいいんですね」

「そう。すぐ行って！　もうじき始まるわ」

「分りました」

役員といっても、母親たちのやることで、しかも指示《しじ》を出す立場の母親は、勤《つと》めの経験《けいけん》がないか、勤《つと》めを離《はな》れて長い人ばかりなので、あちこちで混乱《こんらん》があった。

しかし、和子は一年生の母親で、いわば「平社員」だ。言われる通りに駆《か》け回《まわ》るしかない。

〈本部〉という文字の入ったテントの中へ入ると、

「あ、久野さん、こっちこっち」

と、手招《てまね》きされ、「――このカセットのね、再生《さいせい》ボタンを押《お》して」

「押《お》せばいいんですか？　いつ？」

「決ってるじゃないの！　アナウンスが〈国歌斉唱《せいしょう》〉って言ったら押《お》すの」

決ってる、と言われても、何も聞いていなかったのだ。

「じゃ――これ、〈君が代〉のテープなんですね」

「そうよ。お願いね。タイミング、間違《まちが》えないで」

「はい……」

ポケットに入れたタオルを出して、顔の汗《あせ》を拭《ふ》く。

――何のことはない。五、六年生の母親たちは、校長や理事のいるテントへと行ってしまい、何やらおしゃべりをしている。

「間もなく開会式です。父母の皆様《みなさま》は席にお着き下さい」

と、アナウンスが呼《よ》びかける。

和子は、初めて運動場を見渡《みわた》す余裕《よゆう》ができた。そして、〈本部〉のテントから、一年生の生徒たちと、その後ろに座《すわ》る親たちがずいぶん近く見えるのに気付いた。

一年生の中に、薫の姿《すがた》が見えて、和子は思わず手を振《ふ》ったが、薫は友だちとふざけ合って笑っている。

親の席の一番前に、夫の顔が見えた。

父親はたいてい遅《おそ》く来るのだが、和子が朝早く出たので、久野が薫を連れて来たのだ。

和子は、久野の方へもちょっと手を振《ふ》って見せた。久野は気付いて手を振《ふ》り返《かえ》してくれたが――。

「くり返します。間もなく開会式が始まりますので……」

アナウンスが告げている。

〈国歌斉唱《せいしょう》〉というのは、どの辺に入るのだろう？　当然、初めの方には違《ちが》いないが。

和子は、肝心《かんじん》のプログラムをもらっていないことに気付いた。校門の所で来場する父母に手渡《てわた》されているはずだが、当の役員たちの手もとには配られていないのである。

素人《しろうと》のやることはこんなものだ。

和子は、生徒たちが一旦《いったん》立ってゾロゾロと運動場の外へ出るのを見ていた。薫の姿《すがた》は、たちまち大勢《おおぜい》の同じ体操着《たいそうぎ》の子供《こども》たちの中に紛《まぎ》れてしまった。

全生徒が一旦《いったん》、運動場の外へ出て、一年生から入場行進して来るのだ。――ファンファーレが鳴って、続いて行進曲が鳴《な》り渡《わた》ると、生徒たちが入場して来た。

父母席から拍手《はくしゅ》が起る。――特に先頭の一年生は本当にまだ小さい。

和子も手を叩《たた》いて、わが子が真剣《しんけん》な顔で行進して行くのをしっかり目に止めた。

子供《こども》の数が少なくなっているとはいえ、この私立校《しりつこう》などは、むしろ入学させるのに苦労することで知られている。和子は、わが子に特別の「受験教育」はしていなかったが、生来おとなしい薫の性格《せいかく》が、学校側に気に入られたのだろう。

「――続いて二年生の入場です」

アナウンスが告げる。

和子は、ともかくこれが終るまではボタンを押《お》す必要がないと分って、少しホッとしていた。

ふと、目が夫へ向く。――入場して来る生徒たちに手拍子《てびょうし》を取っていた久野は、急に手を止めた。

和子は、夫がポケットを探《さぐ》りながら席を立つのを目にして、不安になった。

夫が、携帯《けいたい》電話を持って来ていることを知っていたからだ。――江口静香から、何かあったら連絡《れんらく》が入ることになっているのである。

まだ入場行進は大分時間をとる。

和子は、〈本部〉のテントに他の役員が一人もいないのを見て、急いでその場を離《はな》れて駆《か》けて行った。

父母席の裏《うら》へ出た久野が、やかましく行進曲の響《ひび》く中、携帯《けいたい》電話で話をしているのが見えた。

「――分りました。――伝えます。本当にどうも……」

と、通話を切って、久野は和子に気付き、

「大丈夫《だいじょうぶ》なのか、ここにいて」

「入場がすむまでは大丈夫《だいじょうぶ》。――江口さん? 何て言ってた?」

久野は難《むずか》しい表情《ひょうじょう》で、

「奥《おく》さんが、運動会が終るまで君には黙《だま》っててくれと言ってた」

「それって――」

「江口さんのご主人が亡《な》くなった。自殺だ」

と、久野は言った。「辞《や》めた会社のビルの屋上から飛び下りたそうだ」

和子の膝《ひざ》が震《ふる》えた。

「あんなに頭のいい、しっかりした人だったのにな。――奥《おく》さんが、君に伝えてくれと言ってた。君が負い目を感じることはない、って」

「そんな……」

和子は、呆然《ぼうぜん》と立ちすくんで、行進曲や手拍子《てびょうし》が、どこか遠い壁《かべ》の向う側を通って行くのをほんやりと聞いていた。

「――おい、もう六年生の入場だ」

と、久野が我《われ》に返って、「戻《もど》った方がいいんじゃないのか?」

「ええ……。戻《もど》るわ」

「今は、薫のことを考えろ。――な。運動会だ。役員なんだぞ」

運動会。――そう、運動会の日にだって死ぬ人はいるのだ。

「じゃ、後で」

「うん。昼休みも用事だろ? 俺《おれ》がちゃんと薫に食べさせる」

「お願いね」

途中《とちゅう》のことなど憶《おぼ》えていない。――和子は気が付くと〈本部〉のテントの中に戻《もど》って、校長の言葉が遠くにこだましているのを聞いていた……。

江口の会社へ行った女が誰《だれ》なのか、和子にも分らない。しかし、噂《うわさ》を流し、江口を辞職《じしょく》へ追いやり、死へと向わせたのが父、尾田徹治だということは、はっきりしていた。

どうして……。どうして、こんなことになってしまったんだろう？

「では――」

拍手《はくしゅ》の後、アナウンスの声が言った。「〈国旗掲揚《けいよう》〉、並《なら》びに〈国歌斉唱《せいしょう》〉。ご起立を願います」

ザワザワと音がして、父母も生徒も、そして先生たちも立ち上る。

「全員、国旗へ向って下さい」

と、アナウンスが言って、「〈国歌斉唱《せいしょう》〉」

――ボタンを押《お》すのだ。

このボタン。これを押《お》す。今、押《お》すのだ。

和子の指が震《ふる》えた。

押《お》したくない！　いやだ！　いやだ！

間が空いた。不自然に長い間。

戸惑《とまど》いの気配があった。そして——。

和子の指はボタンを押《お》していた。

〈君が代〉が運動場に流れ、ホッとした空気が漂《ただよ》った。

その歌に合せて、ポールに日の丸が上って行く。

和子は、じっと手もとのテープが回っているのを見下ろしていた。

和子は歌わなかった。固く口を閉《と》じていた。

——この役回りに当ったことは、救いでもあった。

もともと立っているから、「起立」したわけでもない。テントの中、一人きりだから、歌っていなくても誰《だれ》にも分らない。

でも来年は?――来年はどうしたらいいのだろう?

日の丸がポールを上り切った。

風がほとんどないので、日の丸は力なく垂《た》れているだけだ。

〈君が代〉が終り、

「着席」

と、アナウンスが告げた。

和子は、テープを止めた。

汗《あせ》が、その手の甲《こう》にポトリと落ちる。

「久野さん!」

と、役員の一人がテントへ入ってくると、「テープ、遅《おそ》かったじゃないの!」

と叱《しか》りつけるように言った。

「すみません」

「冷汗《ひやあせ》かいたわ!」

「ボタン押《お》したんですけど、動かなくて、やり直したんです」

「ああ、そう。もう古いのね、機械が。来年は買《か》い替《か》えた方がいいわ」

「――生徒は駆《か》け足《あし》で、各々《おのおの》の席へ戻《もど》って下さい！」

と、アナウンスが言うと、「儀式《ぎしき》」が終った。

子供《こども》たちがそれぞれのエネルギーを発散しながら、各自の席へと一斉《いっせい》に駆《か》けて行く。

「――プログラム〈1番〉。五、六年生のリズム体操《たいそう》です」

始まった。

「私《わたし》、競技《きょうぎ》の準備《じゅんび》があるので、行っていいでしょうか」

と、和子は言った。

一刻《いっこく》も早く、あのテープから離《はな》れたかったのだ。

「ええ、ご苦労様。しっかりね」

「失礼します」

和子は〈本部〉のテントを出た。

今は——今はともかく、運動会を無事に終わらせることだ。
自分へそう言い聞かせて、和子は走り出した……。

6

疲労《ひろう》以上の疲労《ひろう》が、足どりを鉛《なまり》のように重くさせた。

夕日が空を赤く色づかせて、空全体が巨大《きょだい》な一枚《いちまい》の紅葉《もみじ》のようで、それは今にも落ちてくるかと思える。

和子は足を止めた。

父が、棟《むね》の表に立って、建物の方を見上げている。——あの日。悲劇《ひげき》が始まったあの日と、時刻《じこく》こそ違《ちが》え、よく似《に》た場面だった。

「——お父さん」

いざとなると、割合《わりあい》に楽に言葉が出て来た。

「おお、来たのか」

振《ふ》り向《む》いた尾田は、いやに上機嫌《じょうきげん》だ。「今日は、坊主《ぼうず》の運動会だったんだな。行けなくて悪かった」

「いいのよ」

「どうだ？　ちゃんとやってたか。坊主《ぼうず》は？」

「かけっこで二着になったわ」

「そいつは偉《えら》い！　来年は一着だな。そうでなきゃ男とは言えん」

「お父さん——」

「見ろ」

と、尾田が指さした。「ベランダを見てみろ」

視線《しせん》は足もとに落ちていた。和子は初めて棟《むね》のベランダ側を見上げた。

そこには——ズラリと日の丸が並《なら》んでいた。

大小はあるが、どのベランダからも、旗ざおが突《つ》き出《で》て、日の丸がゆるやかな風に広がったり波打ったりしている。

「どうだ！」

と、尾田は満足げに、「美しいだろう！　全部の部屋で日の丸の旗を出したんだ。一戸残さず、全部だぞ！　みごとなもんだ。そう思わないか？」

団地《だんち》の一棟《むね》全部が国旗をあげる。——それは確《たし》かに珍《めずら》しい光景には違《ちが》いない。

「私《わたし》はそう思わない」

と、和子は言った。「気味が悪いわ」

尾田は怒《おこ》りもせずに笑って、

「ひねくれた奴《やつ》だ」

と言った。

「どうやってみんなを脅《おど》したの？」

「何だ、人聞きの悪いことを言うな」

「だって……」

和子の目は、六階の一つのベランダへと留《とま》った。「少なくとも、〈602〉のベランダに旗が出てるのはおかしいわ」

「江口の所か？　やっと俺《おれ》の言うことを聞く気になったのさ。俺《おれ》の古いのをやった」

「そして、ベランダに出したの？　幽霊《ゆうれい》が日の丸をあげたわけ？」

和子は棟《むね》の中へ入ると、足早にエレベーターへ。

「――和子！　どこへ行くんだ！」

父の声を無視《むし》して、和子はエレベーターで六階へと上った。

〈602〉の江口の部屋のドアを開ける。鍵《かぎ》はかかっていなかった。

「どう？」

女の声がした。「うまくできたでしょ？　私《わたし》だって、旗を出すくらいのこと――」

ベランダから入って来た女は和子を見て言葉を切った。

「あなた……三橋さんね」

と、和子は言った。「ここは江口さんのお宅《たく》よ。何をしてるの？」

「見たら分るでしょ。日の丸の旗を代りに出してあげたのよ。お留守《るす》だから」

「勝手に人の部屋へ入って？」

「頼《たの》まれたのよ。代りに出しといてくれって」

と、三橋千枝は澄《す》まして言った。

「そんなわけないじゃないの！」

と、和子は怒《いか》りで顔を真赤《まっか》にした。

「怖《こわ》いわね。どうしてあなたがそんなに怒《おこ》るの？　あなたのお父さんのためにやってあげたのよ」

その、人を小馬鹿《こばか》にしたような笑顔《えがお》を見て、和子には分った。

「あなたね。──江口さんのことで、会社に行って、でたらめを並《なら》べたのは」

「どういう言い方？　私《わたし》は義務《ぎむ》を果しただけよ。──ねえ？」

千枝が、和子の肩越《かたご》しに声をかけた。

尾田がやって来たのだ。

「和子。——この人に当るな。俺《おれ》のためにやってくれたことだ」

「お父さん……。江口さんは自殺したのよ」

尾田は目を見開いた。

「——本当か」

「お父さんが流したひどい噂《うわさ》のせいで、会社を辞《や》めなくちゃいけなくなって。自分が何をしたか、考えてみたら？」

千枝が素早《すばや》く尾田のそばへ寄《よ》ると、腕《うで》を絡《から》めて、

「放っといて。——娘《むすめ》なのに、お父さんに逆《さか》らってばかりいるのね」

「お父さん……」

和子は愕然《がくぜん》とした。

目をそらした父の様子で、三橋千枝との仲ははっきり分った。

「——和子。もう毎週来てもらわんでいい」

と、尾田が言った。「この人がやってくれるんでな」

「ええ、毎日ね」

千枝は尾田にぴったりと寄《よ》り添《そ》った。

「良かったわね」

和子は、急に体の力が抜《ぬ》けるような気がした。「でも、この部屋だけは、日の丸を引込《ひっこ》めさせてもらうわよ。亡《な》くなった人への、せめてもの供養《くよう》だわ」

和子はベランダに出て、旗ざおを外し、旗を巻《ま》いた。

「――さあ、持って行って」

と、父へ渡《わた》すと、「人の部屋へ勝手に上るなんて！　以前ならそんなことしなかったでしょう」

千枝は尾田の腕《うで》を引張《ひっぱ》って、

「行きましょう。もう他人だと思うのよ。親子なんて、冷たいものだわ」

と、部屋から連れ出して行く。

一人、〈602〉に残った和子は、しばし動く力もなく、ふと気が付くと、もう部屋の中は暗くなっていた。

「――辛《つら》かったな」

と、久野が言った。

暗い、夫婦《ふうふ》の寝室《しんしつ》。

汗《あせ》ばんだ肌《はだ》が、少しずつ冷えていくのが、快《こころよ》かった。

和子は掛《か》け布団《ぶとん》を顔まで引張《ひっぱ》り上《あ》げると、

「聞いたわ」

と言った。「あの棟《むね》の中の、親しかった奥《おく》さんの所を訪《たず》ねて、決して他の人に言わないから、と約束して」

「その女が……」

「三橋千枝っていうのよ。ご主人がいるのに。もともと、あの団地《だんち》の中でも友だちというもののいない人だったの。それが、父が元の同僚《どうりょう》に頼《たの》んだんでしょう、江口さんのことを変質者《へんしつしゃ》だと思わせるようなことを言わせたのをどうしてだか知って、父に近付いたんだわ」

「それにしても……」

「あの棟《むね》の人に言って回ったそうよ。『江口さんの所は、この前の祝日に日の丸を出さないで、尾田さんと言い合いをした。それで江口さんはクビになったのよ』と。

——今、あの世代のご主人たちは、口実があれば職《しょく》を追われるかもしれない立場にいるわ。みんな争って日の丸を買って来て、十日の朝にベランダへ出したって……」

「お義父《とう》さんを喜ばせるためか」

「きっかけはそうだったんでしょうね。でも三橋千枝は、今まで相手にしてもらえなかった仕返しをしたんでしょう。——何か言い返したくても、『尾田さんは元刑事《けいじ》なのよ』と、父のことを持ち出して。——警察《けいさつ》ににらまれたら怖《こわ》い、と誰《だれ》でも思うわ」

久野はため息をついて、

「江口さんも気の毒に。運が悪かったな」

「ねえ……。でも、父の責任《せきにん》だわ。私《わたし》は父が赦《ゆる》せない」

「奥《おく》さん、どうするって？」

「ご主人のお葬式《そうしき》は身内だけでやって、引越《ひっこ》すって。——あの奥《おく》さんなら、働く所はあるでしょ」

「そうか。そうやって忙《いそが》しくしてる方がいいな」

「亜美ちゃんもいるんだもの。いつまでも泣いていられないわ」

「——何か力になれることがあれば言ってくれ。僕《ぼく》じゃ、大したことはできないが」

「あなた……」

和子は、夫の手を握《にぎ》った。「ありがとう」

少し間があって、

「これから、どうするんだ」

と、夫が訊《き》く。「お義父《とう》さんの所へ通わないのか」

「あの女がやるわよ。——少なくとも、父のことを持ち出して、あの辺で威張《いば》っていられる限《かぎ》りは」

「だけど、いつまでも面倒《めんどう》をみてくれるとは限《かぎ》らないじゃないか」

「父が自分でそう決めたのよ。――私《わたし》は知らないわ」

しばらく沈黙《ちんもく》があった。

「もう眠《ねむ》った？」

「――いいや」

「中学二年のときだったの」

と、和子は言った。「父がね、『女は得だ』って言うのを聞いたの」

夫が顔を向ける。

「――小さいころの私《わたし》は、父のことが自慢《じまん》だった。家のことなんか放っぽらかしの人だったし、よく母を泣かせて、それはいやだったけど、『お父さんは悪い人を捕《つか》まえてるんだ』と思うと、他の子にも自慢《じまん》してやりたくなったものよ」

「そうか」

「中学二年のとき、女子大の三年生の、とても感じのいい人が家庭教師《きょうし》に来ていたの。ほんの何か月かの間だけ、ということでお願いしていたんだけど、色々話し相手になってくれて……。その先生がね、うちから帰る途中《とちゅう》、ファミリーレストランで食事をしたとき、たまたま若《わか》い男の人との合席になったの。人当たりのいい、面白《おもしろ》い人だったらしい」

和子は無意識《むいしき》に眉《まゆ》をきつく寄《よ》せていた。

「レストランを出て、『駅まで少し寂《さび》しい所もあるから一緒《いっしょ》に行こう』と、その男の人に言われて、先生も十五分くらいのことだからと一緒《いっしょ》に歩くことにしたの。ところが――途中《とちゅう》、小さな神社があるんだけど、そこまで来ると突然《とつぜん》その男が刃物《はもの》を出して先生を脅《おど》し、神社の奥《おく》へ連《つ》れ込《こ》んで、強姦《ごうかん》したの」

「ひどい話だな」

「先生は泣《な》き寝入《ねい》りしなかった。すぐ駅前の交番へ駆《か》け込《こ》んで、犯人《はんにん》は二、三日して捕《つか》まったわ。私《わたし》の所へ連絡《れんらく》が入って、私《わたし》はもう……体が震《ふる》えて止らなかった。自分の手で犯人《はんにん》を殺してやりたいとまで思ったものよ」

和子は息をついて、「――男の方は『合意の上だ』と平然としてたっていうんだから。結局、先生の訴《うった》えが認《みと》められて、男は刑務所《けいむしょ》行きになったけど、私《わたし》は、刑《けい》があまり軽いんで、腹《はら》が立って仕方なかったの。――その夜、父が遅《おそ》く帰って来て、母とその話をしていた。私《わたし》はなかなか寝《ね》つけなくて、起き出して居間《いま》を覗《のぞ》くと……父が、一人で写真を眺《なが》めてた。私《わたし》と、その家庭教師《きょうし》の先生で一緒《いっしょ》にとった写真だったの。父がそれを見てちょっと笑うと、ひとり言を言ったの、『処女《しょじょ》のわけがないじゃないか。女は得だ』って……」

しばらく間が空いて、

「――私《わたし》の中で、父への尊敬《そんけい》も誇《ほこ》りも、いっぺんに崩《くず》れて行ったわ。父がどういう人間なのか、そのとき分った」

夫の手が和子の手を握《にぎ》る。

和子は夫の胸《むね》にすがりつくようにして目を閉《と》じた。

「――もう忘《わす》れるんだ」

と、夫が言った。「世の中には、そういう男も、そうでない男もいるよ」

「分ってるわ」

和子は夫の胸《むね》に顔を埋《うず》めた。

それからなお一時間近くたって、和子はやっと眠《ねむ》ることができた……。

7

買物から帰ると、電話が鳴っていた。

子供《こども》が私立校《しりつこう》へ電車で通っていると、つい何かあったのかと思ってしまう。

和子は急いで駆《か》けつけると受話器を上げた。

「――はい、久野でございますが。――もしもし?」

少し間があって、

「和子か」

ポツリと久《ひさ》しぶりの声が言った。

「――お父さん。どうしたの?」

と、息をつく。

「いや……。どうしてるかと思ってな」

「元気よ。薫もね」

「そうか。それならいいが」

もう二か月、父の所へ行っていない。十二月に入って、何かと学校の用も多くなっていた。

「――どうしたの? 具合でも悪いの?」

父の声に、生気がない。

「和子……。来てくれないか」

ぶっきら棒《ぼう》な言い方だった。

「三橋さんはどうしたの？」

と訊《き》くと、尾田は黙《だま》ってしまった。

「――もしもし？　お父さん、聞こえてる？」

「うん」

「どうしたのよ？　はっきり言ってくれないと――」

「もういい」

唐突《とうとつ》に電話は切れてしまった。

「――何よ！」

と、電話に八つ当りしてみたものの、買った物を冷蔵庫《れいぞうこ》へしまったりしている内、心配になって来た。

あの父が自分から電話して来るのだから、よほどのことだろう。――むろん抵抗《ていこう》はあるが、放っておくのも心配になる。

夫へ電話を入れると、

「分った。今日は五時で帰るようにする」

「ごめんなさい。じゃ、あなたの帰るのを待って、父の所へ行ってみるわ」

薫が電車で帰ってくるのを駅まで迎《むか》えに行かなくてはならないし、家に一人にしておくわけにもいかない。

夕方、和子は駅へ行って、いつもの電車で帰って来た薫を出迎《でむか》える。

家へ帰って、夕食の仕度《したく》をしていると、久野がびっくりするほど早く帰って来た。

後を任《まか》せて、和子はコートを着ると、もう真暗な表へと出て行った。


「――お父さん」

玄関《げんかん》のドアを開けて、中へ入ると、和子は思わず顔をしかめた。

生ゴミの匂《にお》いが立ちこめている。

明りをつけ、上ると、布団《ふとん》がめくれてそのままになっていた。

「お父さん？」

父はいなかった。

その代り、汚《よご》れた食器が山になった台所、溢《あふ》れているゴミ箱など、掃除《そうじ》をずいぶん長いことやっていない様子だった。

「ひどい……」

と呟《つぶや》いたものの、あまり同情《どうじょう》する気にはなれなかった。

しかし、このままにして帰るわけにもいくまい。——和子は、コートを脱《ぬ》ぐと、ともかくまずゴミを大きな袋《ふくろ》へ入れて、出してくることにした。

一度ではすまず、二度に分けてゴミを捨《す》て、戻《もど》ってくると、父が畳《たたみ》にあぐらをかいて座《すわ》っていた。

「お父さん！　心配するじゃないの」

と声をかけると、なぜか青ざめた尾田は、

「——お前か」

と言った。

「寒いのに、ストーブもつけないで。——寝込《ねこ》んでたの？」

「ああ……。転んでな。しばらく起きられなかった」

「そう。——ストーブ、つけるわ」

大方、そうなると三橋千枝も面倒《めんどう》をみるのがいやになってしまったのだろう。

和子は、洗濯機《せんたくき》を三回も回し、掃除《そうじ》をし、台所を片付《かたづ》けた。

父の姿《すがた》に、全く生気がないのは気になっていたが、今日はこれで帰ろうと思った。

三時間も夢中《むちゅう》で働いて、もう十時近い。

「今、コンビニで何か食べるもの、買ってくるわ」

と、和子は言った。「また……来た方がいいの？」

「そうだな……」

詳《くわ》しくは訊《き》かなかった。やがてご近所の話も耳に入るだろう。

和子は冷蔵庫《れいぞうこ》も空っぽなのを見て、

「じゃ、買物に行って、すぐ戻《もど》るわ」

と言って玄関《げんかん》へ出た。

「――和子」

父が大きな声で呼《よ》んだ。

「なあに？」

と振《ふ》り向《む》くと、

「いや……。すまんな」

父の声はまた勢《いきお》いがなくなった。

和子は玄関《げんかん》を出ようとドアを開けて、思わず声を上げそうになった。

「失礼します」

と、その男は言った。「内山と申しますが……」

「ああ、内山さん。娘《むすめ》の和子です」

「これはどうも……」

と、父の元部下は会釈《えしゃく》して、「先輩《せんぱい》はおいでですか」

「おります。――お父さん！　内山さんよ」

父がのっそりと姿《すがた》を見せて、

「何だ。久《ひさ》しぶりだな……。上れよ」

「それが……」

内山は口ごもったが、一つ息をつくと、「尾田徹治さん。三橋千枝さんを殺害しましたね」

と言った。

和子は唖然《あぜん》として、

「今、何とおっしゃったんです？」

「先ほど、三橋千枝さんが絞殺《こうさつ》死体で発見されました。――尾田さん。あなたですね」

尾田は黙《だま》って肯《うなず》いた。内山は続けて、

「ご同行願えますか」

と言った。

「うん……。和子、すまんが着替《きが》えさせてくれ」

和子は震《ふる》える膝《ひざ》で、立っているのがやっとだった――。

下着から全部替《か》えさせて、コートを着せる。

「――待たせたな」

「いいえ」

「しかし……ずいぶん早かったな。明日までは発見されないと思ったんで、明日自首して出るつもりだった」

と、尾田は言った。「どこから通報《つうほう》が?」

「ありません」

「それじゃ……」

「三橋千枝と電話で言い争われたでしょう。『殺してやる』とおっしゃって。――やりかねないと心配になって、見に行かせたんです。近くの交番の者に」

「電話で? しかし、どうして知ってる?」

と、尾田は当惑《とうわく》していたが、やがて顔が真赤《まっか》になった。「――通話を聞いてたのか？

ここの電話を盗聴《とうちょう》してたのか？　どうしてだ！」

内山は苦笑《くしょう》して、

「尾田さんも警官《けいかん》だったんだ。分るでしょう。警察《けいさつ》の一番知られたくないことを知っているのは、元警官《けいかん》ですからね。あの一件《けん》以来、ずっと聞いていたんです」

尾田は愕然《がくぜん》としていた。連行されることより、電話を盗聴《とうちょう》されていたと知ったことの方がショックだったようだ。

「お父さん……」

「和子。――坊主《ぼうず》を大事にな」

と、尾田は出ようとして、「それに、亭主《ていしゅ》にも、よろしく言ってくれ」

と付け加えたのだった。

「取調べの途中《とちゅう》、窓《まど》から身を投げて……」

内山刑事《けいじ》は、首を振《ふ》って、「気を付けていたんですが……。申しわけありません」

——灰色《はいいろ》のアスファルトに、父は倒《たお》れていた。

駆《か》けつけた和子は、それが父だと確《たし》かめるために、覆《おお》った布《ぬの》をめくる気にもなれなかった。

通《とお》り過《す》ぎていく人たちが、チラチラと見ていく。

「これは、どなたが?」

と、和子は訊《き》いた。

「というと?」

「この日の丸を父へかけて下さったのは……」

内山が戸惑《とまど》って、

「いや、食堂の誰《だれ》かがテーブルクロスを……」

和子も、初めて気付いた。

日の丸ではないのだ。白い布《ぬの》に、血がにじんで、それが日の丸に見えたのだった。

しかし、それはそれで、ふしぎな光景だった。

「お父さん」

と、和子は呟《つぶや》いた。「これで、満足?」

涙《なみだ》が頬《ほお》を伝い落ちていくのにも、和子は気が付かなかった……。

洪《こう》水《ずい》の前

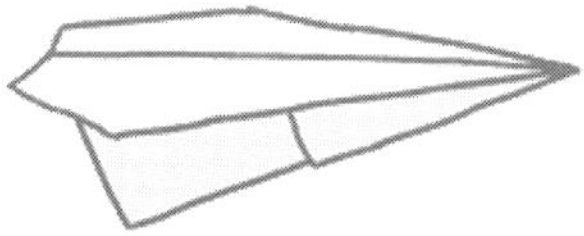

1

飛行機に乗っているときには気付かなかったが、タクシー乗場へスーツケースを転がしながら出てみると、かなり強い雨が降《ふ》っていた。

街灯の光の中に、カーテンが揺《ゆ》れるように波打って降《ふ》りしきる雨が白く光っていた。

タクシーに乗《の》り込《こ》んで行先を告げると、何となく、

「日本も梅雨《つゆ》か」

と呟《つぶや》いた。

車を出しながら、運転手が、

「この前の週末に梅雨入《つゆい》りしたんですよ」

と言った。

「そうか」

運転手が日本語を話すという当り前のことに、ちょっと感動した。東南アジアへの出張《しゅっちょう》は三か月にもなって、タクシーでは現地《げんち》の言葉で行先を分らせるのに散々苦労したのだ。

やっぱり日本語が通じるのはいい！

三田村肇《みたむらはじめ》は大きく息をついて、快適《かいてき》なシートに思い切り身を任《まか》せた。

「今は……」

腕時計《うでどけい》を時差の分、直していなかったことに気付いた。しかし──たぶん今は夜の七時ごろ。家には八時過《す》ぎに着くだろう。

ケータイを取り出して、妻《つま》のケータイにかけたが、つながらない。──帰りの飛行機の時間はメールで知らせたが、返信はなかった。

出張《しゅっちょう》が山地で、ケータイがほとんど使えなかった。もちろん、途中《とちゅう》何度か都会に出たとき連絡《れんらく》は取っていたが……。

まあいい。あと一時間余《あま》りで、妻《つま》の真由《まゆ》と息子《むすこ》・吾郎《ごろう》の待つ我《わ》が家《や》へ帰り着くのだ。

安堵《あんど》したせいだろう。三田村はタクシーが走り出すと、十分もしない内に眠《ねむ》り込《こ》んでしまった。

そして――。

「この道でいいんですか?」

運転手の声で目が覚めた。――え? この道でいいかって?

どこだ、ここ? 窓《まど》は打ちつける雨で視界《しかい》が悪い。

「――ああ、分った」

目印になるスーパーが見えて、「うん、このまま真直《まっす》ぐ行ってくれ」と言って、大欠伸《おおあくび》をした。

三田村の住いは二十数階建の棟《むね》が立《た》ち並《なら》ぶ、高層《こうそう》マンションの団地《だんち》である。民間のマンションなので、ちょっとした町のような造《つく》りの高級住宅地《じゅうたくち》になっている。

そこまでの道は少し寂《さび》しい。しかし、団地《だんち》と駅前商店街を結ぶバスがかなり頻繁《ひんぱん》に往復《おうふく》しているので、不便はない。

――もう少しだ。

三田村は、車のトランクに入れたスーツケースの他に、パスポートなどを入れた小ぶりのバッグを持っていた。

あの出張先《しゅっちょうさき》ではお土産《みやげ》と言えるほどの物は売っていない。ちょっとしたアクセサリーを真由に買って来たが、お洒落《しゃれ》にうるさい真由のことだ、「何、これ?」と呆《あき》れられるだろうと分っていたが、まあ気持の問題だ。

前方からバスが走って来るのが見えた。

いつものバスかと思ったが、そうではないようだ。大型のバスだ。珍《めずら》しい。

横断《おうだん》歩道があって、赤信号でタクシーは停《とま》った。対向車線のバスも停《とま》っている。

何だろう?

バスの中は明りが点《つ》いていて、子供《こども》たちが乗っているのが分る。立っている子も、中を歩いている子もいた。

大人の姿《すがた》が見えない。子供《こども》たちだけが、こんな時間に?

信号が青になった。タクシーとバスが同時に動き出した。――そのときだった。

バスの前方の窓《まど》にベタッと張《は》り付《つ》くように姿《すがた》を見せたのは――吾郎だった。

「え？」

思わず声を上げたが、アッという間にバスはすれ違《ちが》って行ってしまった。

あれは……本当に吾郎だったろうか？

よく似《に》た子を見間違《みまちが》えただけなのか。しかし、何と言っても我《わ》が子《こ》である。

だが、どうしてあんなバスに乗ってるんだ？　それも――見えた限《かぎ》りでは子供《こども》だけで。

そんなことがあるわけはない。そうだ、きっと他人の空似《そらに》か、それとも三か月も見ていなかったので、吾郎のように見えたのだ。同じくらいの年ごろの子が……。吾郎は今、十二歳《さい》。小学校の六年生である。

部屋の玄関《げんかん》のチャイムを鳴らしたが、鍵《かぎ》はもちろん持っている。

返答のある前に、自分で鍵《かぎ》を開けた。ドアを開けると、真由が走るような勢《いきお》いで玄《げん》関《かん》へ出て来て、三田村の姿《すがた》を見るとピタリと足を止めた。

何だか普《ふ》通《つう》ではない様子だった。目を見開き、じっと三田村を見つめている。

「ただいま」

とりあえず、そう言ってスーツケースを中へ入れる。「——どうかしたのか？」

どこか、切《せっ》羽《ぱ》詰《つま》ったような表情《ひょうじょう》の妻《つま》に、三田村は不安になった。

「あなた……帰ったの」

と、真由はポツリと呟《つぶや》くように言った。

「メールで知らせただろ？」

三田村は靴《くつ》を脱《ぬ》いで上ると、久《ひさ》しぶりの我《わ》が家《や》に、少し戸惑《とまど》った。

「お帰りなさい……」

真由が気の抜《ぬ》けたような声を出した。

相変らず狭苦《せまくる》しく、散らかった居間《いま》を見渡《みわた》すと、三田村は、真由の方を振《ふ》り向《む》いて、

「おい――」

「あの子かと思ったの」

と、真由は言った。「あの子が戻《もど》って来たのかと……」

「何だって？――吾郎がどうしたんだ！」

やはりさっきバスで見たのは……。

「行ったの」

と、真由は言った。「ついさっき、バスに乗せられて……」

「行ったって……。どこへ行ったんだ？　どうしてあいつが一人で……」

すると、真由がふしぎそうな目で夫を見て言った。

「疎開《そかい》なの」

「――何だって？　今、『疎開《そかい》』って言ったのか？　昔の戦争のとき、爆撃《ばくげき》を避《さ》けて子供《こども》たちを地方へやった……。あの疎開《そかい》のことか？」

「ええ。あなた……知らないの？」

三田村はわけが分らず、ソファに座《すわ》り込《こ》んだ。

2

「そんなことになってたのか……」

まだ半ば呆然《ぼうぜん》として、三田村は呟《つぶや》いた。

三か月。——たった三か月の間に、「いつ戦争になるか分らない」と、日本では大《おお》騒《さわ》ぎになっていたというのだ。

確《たし》かに、日本からほんの少ししか離《はな》れていない某国《ぼうこく》がミサイルの発射《はっしゃ》実験をくり返《かえ》し、それが「もし日本に落ちて来たら」と言われていたことは、三田村も知っている。しかし、ミサイルが「たまたま落ちて来るかもしれない」というのと、攻撃《こうげき》して来るのとは全く別の話だ。

三田村は居間《いま》のテーブルに重ねてあった新聞を広げてみて驚《おどろ》いた。まるで明日にも戦争が始まりそうな報道《ほうどう》ばかりだ。

「校長先生の名前で、三日前に緊急《きんきゅう》父母会を開くって連絡《れんらく》があって……」

と、真由は言った。「本校の生徒をミサイルの危険《きけん》から守る、とおっしゃって……。六年生を全員山間部の寮《りょう》へ疎開《そかい》させるということになったの……」

「そんな……。俺《おれ》はそんなこと聞いてないぞ。親が了解《りょうかい》してないのに？」

「私《わたし》もいやだったわ。あの子、今まで一人で旅行なんてしたこともないし。でも……集まったどの親ごさんたちも、校長先生のお話に感激《かんげき》して……。とてもいやですなんて言える空気じゃなかったのよ」

吾郎が通っているのは、私立《しりつ》の名門と言われる学校で、小学校から大学までつながっている有名校だ。三田村の家計から言えば、かなり無理をして入れたのだが、吾郎は勉強もできて、楽しそうに通っていた。

「それでさっき、バスが迎《むか》えに……。この近くの子たちを集めて乗せて行ったの」

真由は力なく肩《かた》を落としていた。

「そうか……。しかし……まあ、学校が責任《せきにん》を持ってくれてるんだ。大丈夫《だいじょうぶ》だろう」

と、三田村は言ったが、明日にでも学校へ電話してみようと思っていた。

そもそも、この新聞の報道《ほうどう》は異常《いじょう》だ。いくら三か月日本にいなかったとはいえ、三田村は何度か都会へ出て、日本の大使館にも行ったことがある。山地でもパソコンで世界のニュースが見られる。

日本が攻撃《こうげき》されそうだなどという差《さ》し迫《せま》った状況《じょうきょう》なら、東南アジアの国々だって、他人事ではない。もっとニュースで取り上げているはずだ。

向うで会った現地《げんち》の政治家《せいじか》や経済人《けいざいじん》から、一度だってそんな話が出たことはない。

「妙《みょう》な話だ……」

と、三田村は呟《つぶや》いた。

旅の疲《つか》れが、倍にもなって、のしかかって来るようだった。

〈パパ！　ママ！

ボクは元気だよ。毎日、みんなでハイキングしたり、ゲームしたりして遊んでる。すごく楽しいよ！　ゴハンもおいしいし。心配しないでね！　吾郎〉

メールを読んで、三田村はネクタイを外しながら苦笑《くしょう》した。

「心配するほどのこともなかったな。当人は結構《けっこう》楽しくやってるようじゃないか」

吾郎が疎開《そかい》して行って一週間たっていた。直接《ちょくせつ》電話することはできないが、吾郎からは毎日のように、今日は何をした、どこへ行った、というメールが届《とど》いた。

小川で遊んでいる写真が付いて来たこともある。吾郎は笑顔《えがお》でVサインをして見せていた。

三田村も、長い出張《しゅっちょう》の間、たまっていた仕事を片付《かたづ》けるのに追われて大変だった。新聞やテレビのニュースは、相変らず〈戦争の危機《きき》！〉を煽《あお》っていたが、みんなそれにも慣《な》れて来たようだった……。

「――ね、あなた」

と、真由がソファで息をついている三田村へ、「学校に訊《き》いてくれない？」

「何をだ?」

「いつ、あの子が帰って来るのか」

「真由……。学校じゃ、『安全と判断《はんだん》されるまで』と言ってるんだろ。そうはっきりとは……」

「でも、もう一週間よ」

三田村は、真由がいつになくふさぎ込《こ》んでいるのに気付いた。毎日、帰宅《きたく》が遅《おそ》くて、妻《つま》の様子を見ている余裕《よゆう》がなかったのだ。

「どうかしたのか」

と、三田村は明るい口調で、「吾郎よりよっぽどお前の方が寂《さび》しがってるな」

「心配なの」

「だが、吾郎からはちゃんと——」

「あなた。これ、見て」

真由は自分のケータイを夫の方へ向けて見せた。吾郎からのメールだ。疎開《そかい》するより前の、ちょっとした連絡《れんらく》のメールだった。

「これがどうかしたのか?」

「メールの最後を見て。カタカナで〈ゴロー〉ってなってるでしょ」

「ああ」

「あの子はいつもそうなの。必ず〈ゴロー〉ってカタカナで書くのよ。でも疎開先《そかいさき》からのメールは〈吾郎〉って漢字になってる。あの子が漢字で名前を書いてくることはないわ」

三田村は当惑《とうわく》した。

「しかし……それだから、どうだって言うんだ?」

「分らない。どう考えたらいいのか……。でも、心配なの。心配なのよ……」

真由はそう言うと、「お風呂《ふろ》のお湯、見てくるわね」

と立って行った……。

家の電話が鳴ったのは、午前五時にもならない時刻《じこく》だった。

「何だ……」

三田村が眠《ねむ》い目を何とか開いたときには、真由が居間《いま》で電話に出ていた。

「三田村でございます。——はい、そうですが。あの、何か……」

それきり、真由の声は途切《とぎ》れた。

三田村はベッドを出て、居間《いま》へ行ってみた。——真由が受話器を持った手を膝《ひざ》にのせて、呆然《ぼうぜん》としている。

「どうしたんだ？——どこからの電話だ？」

三田村の問いも耳に入らない様子だった。

「おい——」

と言いかけると、真由が夫を見上げた。

「あなた。あの子が……」

「吾郎が？　どうしたんだ？」

「二階のベランダから落ちて……」

「何だって？　けがしたのか！」

「あの子……死んだそうよ」

放心したような表情《ひょうじょう》で、真由は言った。

3

吾郎の顔は青白かった。

額《ひたい》の辺りには小さな傷《きず》があったが、それ以外はきれいな顔だった。

「まことに申《もう》し訳《わけ》ないことで」

監督役《かんとくやく》の教師《きょうし》が頭を下げた。

真由はただしゃくり上げながら泣いているばかりだった。三田村は教師《きょうし》へ、

「どういう状況《じょうきょう》だったのか、教えていただけますか」

と訊《き》いた。

意外に若《わか》い、色白で細身の教師《きょうし》は、

「全くの偶然《ぐうぜん》でした」

と言った。「ベランダで、三田村君が同じクラスの友人とふざけ合っていたときです。昨日、この辺はかなりの雨が降《ふ》りましてね。ベランダの床《ゆか》が濡《ぬ》れていた。三田村君はベランダの手すりにもたれかかって、そのとき足が滑《すべ》ったんです。で、そのまま下へ……」

淡々《たんたん》とした口調だった。三田村は、

「そのとき一緒《いっしょ》にいた子に話を聞きたいのですが」

と言った。

「いや、それは残念ですが……」

「どうしてです？」

「目の前で仲の良かった子が死んだ。それは小学生にとっては大きなショックです。

おそらく、心の傷《きず》として、長く残るでしょう。今は、そっとしておいてやって下さい」

準備《じゅんび》されていたような、淀《よど》みない口調だった。

「そうですか。――では、せめて吾郎の落ちたベランダを見せて下さい」

「それも――残念ですが。この夜中です。子供《こども》たちはみんな眠《ねむ》っています。ベランダへご案内すると、目を覚ます子がきっと……」

穏《おだ》やかだが、譲歩《じょうほ》する気のないことが分る口調だった。

諦《あきら》めるしかない。真由はただひたすら泣くばかりだし、吾郎を連れて帰らなくてはならない。

こちらの警察《けいさつ》にも話はしてあるので、問題ありません、という教師《きょうし》の言葉で、吾郎を毛布《もうふ》で包んで車で連れ帰ることにした。

「教師《きょうし》たちでお手伝いしましょう」

「恐《おそ》れ入《い》ります」

三田村は、車をずっと運転することを考えて、「ちょっとトイレをお借りできますか」

「ええ、もちろん。この廊下《ろうか》の奥《おく》です。明りのスイッチが扉《とびら》のそばにあるので、点《つ》けて下さい」

三田村はトイレに入った。

少し冷静になると、この寮《りょう》の建物がずいぶん古いことが意外だった。吾郎のメールから、もっと新しい、ホテルのような建物を想像《そうぞう》していたのだが。

おそらく建てて数十年はたっている、木造《もくぞう》の建物だったのである。今どきの子たちがよくこんな所で我慢《がまん》しているものだと思った。

用を足して手を洗《あら》っていると——。

「おじさん」

という声に、びっくりして振《ふ》り返《かえ》った。

トイレの仕切りの一つの戸が閉《しま》っていた。声はそこから聞こえているようだ。

「君は……」

と言いかけると、

「シッ！」

と、子供《こども》の声が言った。「小さい声で。おじさん、吾郎のお父さん？」

「うん。そうだ」

「僕《ぼく》……同じクラスで。黙《だま》って聞いて。僕《ぼく》、吾郎がベランダから落ちるのを見てたんだ」

三田村は声を出しかけて、何とかこらえた。

「吾郎はね、ここから逃《に》げようとしたんだ」

と、その声は言った。「この地獄《じごく》みたいな所から……」

車のライトに、夜の道が浮《う》かび上《あ》がる。

三田村はハンドルを握《にぎ》って、じっと前方の闇《やみ》を見据《みす》えていた。

真由は泣《な》き疲《つか》れて、助手席で眠《ねむ》っている。後ろの座席《ざせき》には、毛布《もうふ》にくるまれた吾郎が横たわっていた。

もう、笑うことも、泣くこともできなくなった吾郎が……。

——あの子の話していたことは、本当だろうか？

子供《こども》たちは毎日毎日、軍隊のような厳《きび》しい生活をさせられ、逆《さか》らったり、口答えしたら即座《そくざ》に殴《なぐ》られた。教師《きょうし》ではない、兵隊のような制服《せいふく》を着た男が何人もいて、子供《こども》たちを怒鳴《どな》りつけ、一糸《いっし》乱《みだ》れぬ行動ができるまで許《ゆる》さなかった。

ケータイはすべて取り上げられ、教師《きょうし》が毎日のように、勝手にメールを書き、親元へ送っていた。どの子も、「毎日が楽しい」というメールとは逆《ぎゃく》に、夜になると、「家へ帰りたい」と泣いた。

しかし、泣いているのを聞きつけられると、また殴《なぐ》られる。——こうして、毎日、子供《こども》たちは「いい兵隊」になるように仕込《しこ》まれ、叩《たた》き込《こ》まれた。

先生の言うことは絶対《ぜったい》。もし、帰ってから親に「辛《つら》かった」などとひと言でも言ったら、即座《そくざ》に退学《たいがく》させる。そして、子供《こども》だけでなく、親たちにも恐《おそ》ろしいことが起ると覚悟《かくご》しろ……。

——三田村は、真由が吾郎からのメールのおかしな点に気付いていたことを思い出した。

あの建物に感じた異様《いよう》な雰囲気《ふんいき》。教師《きょうし》の機械的な説明。

三田村は、あのトイレで、こっそり話してくれた子の言っていたことが事実に違《ちが》いないと直感的に思った。

吾郎はベランダから、シーツを裂《さ》いたものをロープ代りに地面へ下りて、逃《に》げ出《だ》そうとした。しかし、夜間の見回りをしていた制服《せいふく》の男に見付かって、ベランダから突《つ》き落《お》とされたという……。

このまま……。このまま黙《だま》っているものか。

車を走らせながら、三田村は唇《くちびる》をかんで、こみ上げる悲しみと怒《いか》りをかみしめていた。

4

吾郎の通夜《つや》の晩《ばん》にも、雨が降《ふ》り続《つづ》いていた。

クラスメイトは誰一人《だれひとり》やって来なかった。みんな「疎開《そかい》」から戻《もど》っていないのだ。

その代り、同じクラスの子の親たちがやって来た。

三田村は、妻《つま》の様子が気がかりで、何もできないままだった。——真由は、ほとんど放心状態《じょうたい》で、やって来た同級生の親たちが声をかけても、小さく肯《うなず》くだけで、目も合せなかったのだ。

三田村は、真由が死のうとするのではないかと不安で、ほとんど眠《ねむ》っていなかった。

読経《どきょう》がそろそろ終るというころだった。

列席していた親たちが入口の方を振《ふ》り向《む》いて、少しざわついた。

三田村は頬《ほお》が紅潮《こうちょう》するのが分った。——校長がやって来たのだ。

三田村も顔を知っている秘書《ひしょ》の男性《だんせい》を連れて、ダブルのスーツを着た大柄《おおがら》な校長は、まるで「主役の登場」とでも言うかのように、堂々と入って来ると、当然のように一番前の席に腰《こし》をおろした。

すると――三田村は、真由が初めて目を上げて、じっと校長を見ているのに気付いた。

「では、ご焼香《しょうこう》をお願いいたします」

と、声があって、三田村は立ち上った。

真由は立とうとしない。三田村が腕《うで》を軽く取ると、やっと立ち上った。

二人は、吾郎の遺影《いえい》に向って合掌《がっしょう》した。そして焼香《しょうこう》しようと――。

しかし、突然《とつぜん》真由はクルッと振《ふ》り返《かえ》った。そして、校長を真直《まっす》ぐ見据《みす》えると、

「吾郎を返して下さい！」

と、力のこもった声で言ったのである。

会場は静まり返った。校長はちょっと面食らった様子で座《すわ》っていた。

すぐ後ろの席にいた秘書《ひしょ》が、あわてて立ち上ると、

「奥《おく》さん、冷静になって下さい！」

と、前へ進み出て来た。

「あなたに言ってるんじゃありません！」

と、真由は秘書《ひしょ》をにらんで一喝《いっかつ》すると、校長へ、「あの子は学校に殺されたんです！」

と、叫《さけ》ぶように言った。

「何を言っとるんだ」

と、校長はムッとした様子で、「ただの事故《じこ》ですぞ。そんな言いがかりを――」

「いいえ！」

と、真由は遮《さえぎ》って、「あの子はあなたが殺したんです！」

三田村は愕然《がくぜん》としていた。

あの寮《りょう》のトイレで聞いたことを、まだ真由には話していない。あんなことを聞いた

ら、それこそ真由がどうなるか分らなかったからだ。

しかし——真由は真実を見抜《みぬ》いていた。

「皆《みな》さん！」

真由は居並《いなら》ぶ父母たちに向って言った。「あなた方のお子さんたちを取《と》り戻《もど》すんです！　手遅《ておく》れにならない内に！　死んでしまわない内に！」

校長が顔を真赤《まっか》にして立ち上ると、

「何を言うか！　頭がおかしくなったのか？　この女をつまみ出せ！」

と怒鳴《どな》った。

真由は焼香台《しょうこうだい》の灰《はい》をつかむと、

「罪《つみ》を償《つぐな》いなさい！」

と叫《さけ》んで校長の顔に投げつけた。

「何をする！」

校長が平手で真由の顔を打った。三田村は進み出ようとした。

しかし――殴《なぐ》られても真由は身じろぎもしなかった。

「黙《だま》っていませんよ！　あなたに責任《せきにん》を取らせてやる！」

と、真由は面と向って校長に言った。

「こんな……こんな女の言うことなど信じる奴《やつ》がいるもんか！」

校長は明らかにうろたえていた。三田村は妻《つま》の前に出ると、校長に、

「お引き取り下さい」

と言った。「あなたに焼香《しょうこう》してもらっては、息子《むすこ》が浮《う》かばれません」

校長は大股《おおまた》に出て行った。秘書《ひしょ》があわてて追って行く。

真由は息を吐《は》くと、

「失礼しました」

と、一礼して、「どうぞお焼香《しょうこう》を」

と、静かに言った……。

有名校でもあり、その「疎開《そかい》」先での生徒の事故死《じこし》ということで、通夜《つや》の席には複《ふく》数《すう》の新聞社やテレビ局が取材に来ていた。

そして、真由と校長の争いの一部始終がビデオに撮《と》られていたのだ。

校長は翌日《よくじつ》記者会見を開き、真由の言い分には全く根拠《こんきょ》がなく、

「本校としては、他校に先がけて疎開《そかい》を実行したことに自信と誇《ほこ》りを持っています!」

と、強調した。

そして、疎開《そかい》は予定通り続けると断言《だんげん》したのだった。

新聞記事やテレビのニュースは校長の側に立ったものばかりだったが、ビデオがネット上に流れ、それはたちまち世界中に広がって行った。

そして何より、通夜《つや》の翌日《よくじつ》から、子供《こども》を疎開《そかい》させている親が「子供《こども》を帰してほしい」と次々に学校へ申し出たのである。

初めは「当初の方針《ほうしん》は変えられない」と拒《こば》んでいた学校側も、父母から、

「祖母《そぼ》が急に亡《な》くなったので」

とか、

「母親が急病で入院した」

と言われると、はねつけることができなかった。

二人、三人と子供《こども》たちが、迎《むか》えに来た親に連れられて帰宅《きたく》し、親たちも我《わ》が子《こ》の普《ふ》通《つう》でないやつれ方、やせ方にびっくりした。

親たちの間に、疎開《そかい》の実態《じったい》が広まるのに数日とかからなかった。

5

三田村は部長室に呼《よ》ばれて、

「失礼します」

と、中へ入ると、「息子《むすこ》の葬儀《そうぎ》にお花をありがとうございました」

と、まず礼を言った。

「いや、まあ……大変だったね」

気の弱そうな部長は、五十代半ばだったが、すでに髪《かみ》は真白になっている。

「私《わたし》に何かご用でしたか」

と、三田村は言った。

「ああ……。君に転勤《てんきん》の辞令が出ている」

と、部長は一枚《まい》の紙を机《つくえ》の上に置いた。

「転勤《てんきん》ですか」

思いもかけないことだった。この会社は大きな支社《ししゃ》など持っていない。

その書類を見て、三田村は愕然《がくぜん》とした。

「部長。——大分工場《おおいた》といっても……。私《わたし》がするような仕事はありませんが」

「しかし、辞令が出たんだ。それがいやなら辞表を出したまえ」

精一杯《せいいっぱい》、強がってはいるが、言いながら三田村から目をそらしていた。

「これはどういう意味でしょうか」

と、三田村は訊《き》いた。「ともかくどこか遠くへ行けということですか」

「私《わたし》は知らんよ！――社長からの命令なんだ」

社長は今の政権《せいけん》の幹部《かんぶ》と親しい。あの通夜《つや》の出来事のせいで、三田村を学校から遠ざけたいのだ、と思った。

「納得《なっとく》できません」

と、三田村は言った。「社長とじかにお目にかかりたいのですが」

「君、そんな……わけの分らないことを言うもんじゃないよ」

部長が焦《あせ》っている。「それに、社長は明日までニューヨークだ」

「では、お帰りになったらお目にかかります」

と言って、三田村は部長室を出た。

「よく降《ふ》るな」

と、帰宅《きたく》した三田村は言った。

「ええ。――あなた」

と、真由は言った。「疎開《そかい》から帰った子が半分以上になったそうよ」

「そうか。それは良かった」

三田村は、通夜《つや》の後で、あのときトイレで聞いたことを妻《つま》に話してあった。

「そんなことと分ってたら、学校をやめさせてでも、行かせなかったのに……」

と、真由は泣いた。

それでも、あの通夜《つや》の席で校長に正面切って挑《いど》みかかった真由は、悲しみの底からは立ち直っているようだった。悲しみを怒《いか》りに変える。――今の日本人はそうする力を失っているかのように、三田村には思えた。

たとえば、自然災害《さいがい》に怒《おこ》ってみても仕方ない。しかし、それを防《ふせ》ぐ手立てをおろそかにしていたこと、その後の対応《たいおう》を怠《なま》けていることには怒《おこ》るべきだ。

それを「諦《あきら》めることが日本の美徳《びとく》」のように言うのは、結局、同じ被害《ひがい》をくり返《かえ》すことに加担《かたん》することだ。

吾郎の死が、同じ目にあうかもしれなかった他の子たちを救ったとすれば、死はむだでなかった、と思えた。

——二人で夕食をとっていた三田村は、居間《いま》の隅《すみ》にある、口をゆわえた大きなゴミ袋《ぶくろ》に目をとめた。

「何だい、あれは？」

と訊《き》くと、真由はさりげなく、

「ファックス」

と答えた。

「ファックス？」

「一日中、ずっと送られて来てたの」

三田村ははしを置いて、立って行くと、その中身を覗《のぞ》いて驚《おどろ》いた。送られて来たファックス。——乱暴《らんぼう》な手書きの文字で、

〈国への裏切《うらぎ》りは許《ゆる》さない！〉

〈愛国心はないのか！〉

〈非国民《ひこくみん》は死ね！〉

といった言葉が並《なら》んでいる。

コピーしたような全く同じ文面のものが何十枚《まい》もある。

「真由。——電話は大丈夫《だいじょうぶ》だったのか」

と、三田村は訊《き》いた。

「何回もかかって来たから、線を抜《ぬ》いたわ。ケータイは電源《でんげん》を切った」

と、真由は言った。「ファックス用紙が切れちゃったわ。紙のむだ使いね」

淡々《たんたん》と食事している真由。

しかし、三田村は、言葉の暴力《ぼうりょく》が現実《げんじつ》の犯行《はんこう》になるかもしれないと思った。——危《き》険《けん》があるようなら、真由を親戚《しんせき》の所にでも行かせた方が……。

それこそ「疎開《そかい》」だな、と思った。

食事の席に戻《もど》ろうとすると、チャイムが鳴った。下のロビーからでなく、部屋の玄《げん》関《かん》だ。

「誰《だれ》かしら」

と、真由が立とうとするのを止めて、

「俺《おれ》が出る」

と、玄関《げんかん》へ行った。「――どなた？」

返事は、このフロアで親しくしているビジネスマンだった。安心してドアを開けると、

「三田村さん。今帰って来たんですがね。下の郵便受《ゆうびんうけ》にあなたのことを犯罪者扱《はんざいしゃあつか》いしてる中傷《ちゅうしょう》のチラシが入ってましたよ」

「下に？　ということは――」

「他の部屋にも全部入ってるでしょう。入れた奴《やつ》らしいのが今、隣《となり》の棟《むね》へ大きな紙《かみ》袋《ぶくろ》を提《さ》げて入って行きました」

「ありがとう。行ってみます」

三田村は、真由に鍵《かぎ》をかけておくように言って、急いでエレベーターへと向った。

――確《たし》かに、隣《となり》の棟《むね》のロビーで、その男はせっせとチラシを折りたたんでは並《なら》んだ郵便受《ゆうびんうけ》に入れていた。

三田村は歩《あゆ》み寄《よ》ると、

「初めから折りたたんで持って来れば能率《のうりつ》が上るのに」

と言った。「校長先生の秘書《ひしょ》ともあろう人が」

ギョッとして振《ふ》り向《む》いた秘書《ひしょ》は、

「これはその……校長先生とは関係なく、私《わたし》個人《こじん》の……」

と言いかけて、「あ、失礼」

ポケットでケータイが鳴ったのである。

「はい、校長。――今、マンションの郵便受《ゆうびんうけ》に入れているところです」

関係ないと言っておいて、全く……。

三田村は怒《おこ》るより苦笑《くしょう》してしまった。しかし、次の瞬間《しゅんかん》、秘書《ひしょ》の手から重い紙袋《かみぶくろ》がドサッと落ちて、中のチラシがロビーに飛び散った。

「それは……本当ですか」

血の気がひいている。「――はい、すぐに確認《かくにん》を……」

「何があったんです？」

あまりの秘書《ひしょ》の様子の変りように、三田村も驚《おどろ》いて訊《き》いた。

「いや……それが……」

と、秘書《ひしょ》がよろけて、「私《わたし》の息子《むすこ》も……」

「え？」

「息子《むすこ》も……疎開《そかい》しているんです」

そう言って、秘書《ひしょ》は駆《か》け出《だ》して行ってしまった。

どうしたんだ？――不安を抱《かか》えて、家へ戻《もど》ると、

「あなた」

真由がケータイを手に立っていた。

「どうした？」

「ニュースで……地すべりがあって、山の半分が崩《くず》れて……」

「何だって？」

「ケータイの電源《でんげん》を入れたら、同じクラスのお母さんからかかってきたの。あの疎開《そかい》していた寮《りょう》の建物が、土砂《どしゃ》に押《お》し流《なが》されて……」

三田村は愕然《がくぜん》とした。


夜が明けるころ、学校には次々に生徒の親たちが集まって来ていた。子供《こども》が疎開先《そかいさき》に残っていた親はもちろん、すでに帰宅《きたく》している子の親も、何十人もが学校へやって来た。

職員室《しょくいんしつ》だけ明りが点《つ》き、現地《げんち》からの連絡《れんらく》を教師《きょうし》や事務員《じむいん》が行っていた。

——前の日に、大雨で途中《とちゅう》の道路が通れなくなりそうだという情報《じょうほう》があって、何人かの親が子供《こども》を迎《むか》えに行っていた。その子たちは、危《あや》うく難《なん》を逃《のが》れたわけだ。

三田村も、職員室《しょくいんしつ》の片隅《かたすみ》で、ずっと様子を見守っていた。テレビや新聞の取材が、時間がたつにつれて増《ふ》え、現地《げんち》のできる限《かぎ》り近くまで行くという父母のために、マイクロバスが用意された。

雨が止《や》んで、皮肉なような星空になっていた。

泣《な》き叫《さけ》ぶ声はなく、奇妙《きみょう》な静寂《せいじゃく》が、職員室《しょくいんしつ》に広がっていた……。

6

ちょうど社長室から出て来たところへ、

「社長」

と、三田村は声をかけた。「お忙《いそが》しいところ、申《もう》し訳《わけ》ありません」

社長は足を止めると、あまり関心のなさそうな顔で三田村を見て、

「何だ」

と言った。

「この度《たび》の転勤《てんきん》の辞令について、お伺《うかが》いしたいことがありまして」

社長は少しの間、ポカンとしていたが、

「君は誰《だれ》だったかな？」

「三田村です。技術主任《ぎじゅつしゅにん》ですが」

「ああ。——君か」

「転勤《てんきん》のお話ですが……」

「転勤《てんきん》？　何かの間違《まちが》いだろう」

「はあ？」

「誰《だれ》かが間違《まちが》えたんだろう。放っとけ」

そう言って、社長は行ってしまった。

自分の席に戻《もど》ると、三田村は辞令の紙を丸めて屑入《くずい》れに捨《す》てた。

外はほとんど夏のような強い日射《ひざ》しが降《ふ》り注《そそ》いでいた。

——結局、十五人の子供《こども》たちが犠牲《ぎせい》になった。

もちろん大きなニュースとして海外でも報道《ほうどう》された。特に「かつての軍国主義《しゅぎ》教育を子供《こども》たちに強制《きょうせい》していた」という報道《ほうどう》がなされて、日本の政府《せいふ》は必死でそれを否定《ひてい》した。

校長は辞任《じにん》して行方《ゆくえ》が分らなくなっていた。三田村へのいやがらせや中傷《ちゅうしょう》もピタリと止《や》んだ。

しかし……。

三田村は冷めたお茶を飲みながら、思った。

吾郎は戻《もど》って来ない。なぜあの子は死ななければならなかったのか。

新聞やテレビでも、「戦争になりそうだ」という報道《ほうどう》は急に少なくなっていた。一度に潮《しお》が高くなり低くなるように、同じ方向へのニュースにすべてが染っていく有様《ありさま》は恐《おそ》ろしかった。

そうだ。——これはすでに「戦争」の始まりなのだ。

武器《ぶき》を取って戦う「戦闘《せんとう》」のずっと前から「戦争」は始まっている。「自分たちだけが正しい」と信《しん》じ込《こ》み、違《ちが》う立場の人間を非難《ひなん》する。

そうしながら、人間の中ではすでに戦争が始まっているのだ。戦争は国と国の間で起る前に、自分たちの心の中で起きている。

そして、一旦《いったん》それが大きな流れとなると、洪水《こうずい》となって、誰《だれ》にも止められない勢《いきお》いで、人を押《お》し流《なが》してしまう。

あの「疎開《そかい》」先の建物を押《お》し流《なが》した土砂《どしゃ》崩《くず》れのように。

吾郎は……。そう、あの子は初めての戦死者だったのだ。

今、崩《くず》れようとするものを守り、洪水《こうずい》を防《ふせ》がなくては……。

「吾郎。——父さんも、やれることをやるよ」

そう呟《つぶや》くと、三田村はパソコンの電源《でんげん》を入れた。


「洪水の前」は、本書のための特別書き下ろし作品です。

解説《かいせつ》　社会を見つめなおすミステリー

山前《やままえ》　譲《ゆずる》

ミステリーの楽しみの中心にあるのは謎《なぞ》です。不思議に思えることをなんとかして解《と》き明《あ》かしたい。ミステリーが好きな人はそうした思いがとりわけ強いことでしょう。人類が誕生《たんじょう》した頃《ころ》、謎《なぞ》はまず自然界にあったはずです。やがて、国家のような人間の共同体が形成され、そこでもさまざまな謎《なぞ》が生まれました。ミステリーで扱《あつか》われているのはいわゆる犯罪《はんざい》の謎《なぞ》が多いのですが、私《わたし》たちが身をゆだねている社会に潜《ひそ》んでいる謎《なぞ》はそればかりではありません。

赤川次郎《あかがわじろう》さんの短編《たんぺん》ベストセレクション、「赤川次郎　ミステリーの小箱」の一冊《さつ》である『洪水《こうずい》の前』には、スペシャル・プレゼントとして書き下ろされた表題作など四作が収録《しゅうろく》されています。いずれも現実社会の流れに目を向けるきっかけとなるミステリーです。

最初の「愛しい友へ……」で謎《なぞ》を生み出すのは田舎町《いなかまち》にある大企業《だいきぎょう》の工場です。町はその工場のおかげで賑《にぎ》わってきたのですが、突然《とつぜん》、閉鎖《へいさ》の計画が発表されました。工場の労働組合が本社に抗議《こうぎ》したものの、その方針《ほうしん》は変わりません。完全閉鎖《へいさ》まであと二か月、新たな仕事先を求めて、従業員《じゅうぎょういん》とその家族は次々と町を出て行きます。折原和子《おりはらかずこ》が英語教師《きょうし》をしている高校では、生徒がどんどん減《へ》っていきます。そんななか、父親が労働組合の委員長をしている三屋典子《みつやのりこ》が授業《じゅぎょう》中に倒《たお》れてしまいました。一方、その典子の親友で、すでに東京の私立《しりつ》の名門女子校に転校していた神田《かんだ》あゆみは、図書館で不思議な体験を……。

家族のために小さな頃《ころ》から働くことが珍《めずら》しくなかった日本社会も、多くの犠牲《ぎせい》を払《はら》った戦争のあとに制定《せいてい》された日本国憲法《けんぽう》によって、教育を受ける権利《けんり》が基本的人権《きほんてきじんけん》として確立《かくりつ》されました。第二十六条《じょう》第一項《こう》に「すべて国民は、法律《ほうりつ》の定めるところにより、その能力《のうりょく》に応《おう》じて、ひとしく教育を受ける権利《けんり》を有する。」と記されています。義務《ぎむ》教育としての小学校から中学校だけでなく、さらに上級学校へと進学していくのが当たり前になっている今の日本です。しかし、そんな学校生活が盤石《ばんじゃく》のものではないことは、この作品で明らかでしょう。なぜ私《わたし》はこんなに恵《めぐ》まれた学園生活を送ることができるのだろうか。あゆみの抱《いだ》いた疑問《ぎもん》が真相に収束《しゅうそく》していきます。人と人との絆《きずな》を、愛の力の素晴《すば》らしさを語りかけるラストが心に残ります。

次の「終夜運転」の発端《ほったん》はファンタジックです。元内閣総理《そうり》大臣の大倉《おおくら》がパーティからの帰り、路面電車に乗りました。古ぼけた車体を運転しているのは十六歳《さい》の少女です。薄汚《うすよご》れたブラウスにもんぺ、その服装《ふくそう》はちょっと（かなり？）奇妙《きみょう》です。そして、彼女《かのじょ》は「もう何年もアメリカと戦争しているのです」とおかしなことを大倉に言うではありませんか。後日、九十三歳《さい》になる母親に会った大倉は、思い出すのでした。彼女《かのじょ》が女学生の頃《ころ》、広島で、市電を運転していたことを——。

この作品は実際《じっさい》の出来事がモチーフとなっています。戦争で多くの男性《だんせい》が戦場にかり出されていた一九四三年四月、広島電鉄家政《かせい》女学校が開校しています。電車や路線バスの運行に関する授業《じゅぎょう》があり、実践《じっせん》教育として運転士や車掌《しゃしょう》として乗務《じょうむ》もしました。そして迎《むか》えた一九四五年八月六日、広島に投下された原子爆弾《ばくだん》によって教師《きょうし》や生徒にも犠牲者《ぎせいしゃ》が出たなか、九日の広島電鉄の運行再開《さいかい》を担《にな》ったのがこの女学校の生徒たちでした。その貴重《きちょう》な歴史の証言《しょうげん》は堀川恵子《ほりかわけいこ》／小笠原信之《おがさわらのぶゆき》『チンチン電車と女学生　1945年8月6日・ヒロシマ』（講談社《こうだんしゃ》文庫）に記されています。

　大倉はアメリカ大統領《だいとうりょう》と一緒《いっしょ》に写った写真を、自慢《じまん》げに電車を運転していた少女に見せました。すると彼女《かのじょ》はふしぎそうな表情《ひょうじょう》で大倉を眺《なが》めるのでした。そして新たな客が乗《の》り込《こ》もうとしたとき、早口で言うのです。「特高《とっこう》です！」と。かつて、反政府《はんせいふ》的《てき》政治運動を取《と》り締《し》まるために高等警察《こうとうけいさつ》という部門がありましたが、そこからさらに社会運動、言論《げんろん》、思想取《と》り締《し》まりのために分離《ぶんり》したのが特別高等警察《とくべつこうとうけいさつ》、特高《とっこう》です。太平洋戦争中は反戦・反軍的活動に厳《きび》しい目を向け、時の政権《せいけん》の反対者への監視《かんし》活動も行うのでした。たしかにその戦争の頃《ころ》には、アメリカは敵国《てきこく》でした。でも今は……。

　現在《げんざい》と過去《かこ》がクロスしてのミステリアスな体験が、元総理《そうり》の心に何をもたらしたのか。再《ふたた》び乗った古ぼけた電車の中で大倉は自省するのでした。日本社会を大きく変えたあの戦争が終わって七十年以上経《た》ちましたが、その歴史はけっして風化させてはなりません。

　つづく「日の丸あげて」の物語は結果的にひとつの殺人事件《さつじんじけん》に収束《しゅうそく》しています。その謎解《なぞと》きはシンプルですが、事件《じけん》にいたるまでの経緯《けいい》は単純《たんじゅん》ではありません。団地《だんち》で独《ひと》り暮《ぐ》らしをしている父の世話を焼く久野和子《ひさのかずこ》、停年で警察官《けいさつかん》を辞《や》めてからますます頑固《がんこ》になったその父・尾田徹治《おだてつじ》、尾田と同じ団地《だんち》に住む技術者《ぎじゅつしゃ》の江口《えぐち》、尾田にあることを頼《たの》まれた刑事《けいじ》、江口の妻のことを嫌《きら》う主婦《しゅふ》、団地《だんち》の住民にひろまったある噂《うわさ》……。

　尾田の頑固《がんこ》な性格《せいかく》を象徴《しょうちょう》しているのが日の丸です。「もっと日本人は国旗や国歌を大事にしなきゃいかん」と言い、国民の祝日に、団地《だんち》の一棟《むね》全部が日の丸の旗をあげることを彼《かれ》は目指すのでした。ですから、祝日のことをかつては旗日《はたび》と言っていましたが、そんな父の姿《すがた》に強く反発するのが和子です。父と娘《むすめ》の生き方の対比《たいひ》によって、人それぞれの生き方が、そして社会のあるべき姿《すがた》が問われていきます。

　最後の「洪水《こうずい》の前」は雨の空港から始まります。夜七時過《す》ぎ、三か月の海外出張《しゅっちょう》から帰国した三田村《みたむら》は、自宅《じたく》マンションにタクシーで戻《もど》る途中《とちゅう》、奇妙《きみょう》な大型バスとすれ違《ちが》います。乗客は子供《こども》たちだけで、その中に小学六年生の息子《むすこ》、吾郎《ごろう》がいたような気がしました。帰宅《きたく》するとやはり吾郎はいません。そして妻《つま》は言うのです。疎開《そかい》したと――。えっ？

三か月の留守《るす》の間に、「いつ戦争になるか分らない」と日本は大騒《おおさわ》ぎになっていたのです。そこで吾郎が通う学校の校長先生は、六年生を山間部に疎開《そかい》させたのでした。吾郎からは元気にしているというメールが届《とど》きますが……。

疎開《そかい》にはいくつかの意味がありますが、よく知られているのは戦争からの避難《ひなん》です。第二次世界大戦中、空襲《くうしゅう》での被害《ひがい》が大きい都市部から地方へ、学童を集団疎開《しゅうだんそかい》させることが世界各国で行われました。日本では一九四四年八月から学童疎開《そかい》が始まっています。また、連合軍との決戦の場になると想定された沖縄《おきなわ》からも学童が、九州へと疎《そ》開《かい》しました。当時、地方であっても食糧事情《しょくりょうじじょう》が悪く、食《た》べ盛《ざか》りの子供《こども》たちはひもじい思いをしたそうです。

もうすっかり歴史の一ページとなってしまった疎開《そかい》が、なぜ今頃《いまごろ》？　その事情《じじょう》が、そして疎開先《そかいさき》での悲しい死の真相が、「洪水《こうずい》の前」というタイトルの意味するところを語っていきます。

密室《みっしつ》やアリバイの謎《なぞ》のように、現実《げんじつ》の人間社会にちりばめられた謎《なぞ》はシンプルではありません。ですが、不思議に思う気持ちを忘《わす》れず、解決《かいけつ》をあきらめることなく、そして真相を見極《みきわ》めることの大切さが語られている本書です。「赤川次郎　ミステリーの小箱」にはその他、謎解《なぞと》きが興味《きょうみ》をそそる『真夜中の電話』、恐怖《きょうふ》と愛の物語をまとめた『十代最後の日』、ハートウォーミングな展開《てんかい》が印象的な『命のダイヤル』、学園という身近な世界を舞台《ぶたい》にした『保健室《ほけんしつ》の午後』と、多彩《たさい》な赤川作品がラインナップされています。どの一冊《さつ》から手にとっても楽しめることでしょう。

〈初出〉

「愛しい友へ……」　『告別』　角川ホラー文庫　一九九七年四月刊

「終夜運転」　『教室の正義　闇からの声』　角川文庫　二〇〇七年一月刊行

「日の丸あげて」　『日の丸あげて　当節怪談事情』　小学館文庫　二〇〇三年九月刊

「洪水の前」　書き下ろし

赤川 次郎（あかがわ・じろう）

1948年福岡県生まれ。日本機械学会に勤めていた1976年、「幽霊列車」で第15回オール讀物推理小説新人賞を受賞して作家デビュー。1978年、『三毛猫ホームズの推理』がベストセラーとなって作家専業に。『セーラー服と機関銃』は映画化もされて大ヒットした。多彩なシリーズキャラクターが活躍するミステリーのほか、ホラーや青春小説、恋愛小説など、幅広いジャンルの作品を執筆している。2006年、第9回日本ミステリー文学大賞を受賞。2016年、日本社会に警鐘を鳴らす『東京零年』で第50回吉川英治文学賞を受賞。2017年にはオリジナル著書が600冊に達した。

編集協力／山前 譲

推理小説研究家。1956年北海道生まれ。北海道大学卒。会社勤めののち著述活動を開始。文庫解説やアンソロジーの編集多数。2003年、『幻影の蔵』で第56回日本推理作家協会賞評論その他の部門を受賞。

赤川次郎　ミステリーの小箱

自由の物語　洪水の前

2018年2月　初版第1刷発行
2019年6月　初版第3刷発行

著　者　赤川次郎

発行者　小安宏幸
発行所　株式会社 汐文社
東京都千代田区富士見1-6-1
富士見ビル1F　〒102-0071
電話：03-6862-5200　FAX：03-6862-5202
印刷　新星社西川印刷株式会社
製本　東京美術紙工協業組合

ISBN978-4-8113-2457-9　乱丁・落丁本はお取り替えいたします。